U0075272

約會大作戰

災禍五河

橘 公司
Koushi Tachibana

Kadokawa Fantastic Novels

彩頁／內文插畫　つなこ

精靈
THE SPIRIT
存在於鄰界，被指定為特殊災害的生命體。發生原因、存在理由皆為不明。
現身在這個世界時，會引發空間震，給周圍帶來莫大的災害。
再者，其戰鬥能力相當強大。
處置方法1
WAYS OF COPING 1
以武力殲滅精靈。
但是如同上文所述，精靈擁有極高的戰鬥能力，所以這個方法相當難以實現。
處置方法2
WAYS OF COPING 2
——與精靈約會，使她迷戀上自己。
災禍五河
Disaster ITSUKA
SpiritNo.?
Uniform-RaizenHighSchoolType

序章 終焉之獸

——咆哮聲響徹漆黑的天空。

啊——那是擁有人類的外表卻宛如野獸的怪物。

沒有思想、沒有自我，只是大肆破壞的暴虐集合體、壓倒性力量的化身。那纏繞著光芒的姿態令人聯想到神話時代的妖怪，讓看的人感到原始、根本的恐懼。

靈力以「他」為中心打轉，放射狀撂倒周圍的樹木。「他」所釋放出的光芒照亮了沒有月亮的夜晚。

「不會……吧……」

琴里緊握住拳頭抑制自己顫抖的手指，聽著撼動空氣、天、地的吼叫聲。

她的顫抖自然是源自於恐懼。但那與其說是對在她眼前吼叫的怪物感到害怕——或許該說是因為自己現在正打算做的行為而產生的情緒吧。

沒錯。琴里從好幾年前開始就將這份覺悟隱藏在心中。她身負使命。

倘若這個怪物現身——

到時，她就必須親手——殺了他。

然而當她面對「他」的時候，最初掠過腦海的並非使命感或殺意，而是無盡的悲哀與後悔。

為什麼事情會演變到這種地步？在事情演變到這種地步之前，應該還能做更多事情來挽救吧？這樣的想法在心中翻騰，甚至令她喘不過氣。

不過，為時已晚。

所有事情已成定局。

所有事情——都已宣告終結。

琴里接下來只能讓事情落幕。

她發出悲痛的聲音呼喚「怪物」的名字。

「為什麼……為什麼啊，『士道』……！」

第一章　逐漸顯露的異常狀態

俗話說：冬天來了，春天也不遠了。但從今天的日期十二月一日來看，冬天才剛開始，離春天還遠得很呢。

彷彿要印證這句話說得不錯似的，今天早晨加上陰天助陣，表現出這個季節最寒冷的天氣。每當樹木枯寂的枝椏隨風搖曳，五河士道便忙著將脖子縮進大衣的衣領內。

被雲朵覆蓋的天空一片白茫茫，吐出來的氣息也呈現雪白的顏色。氣溫一低就令人感覺空氣清澈，是因為寒冷的空氣令人聯想到澄淨透明的冰塊——還是認為寒氣也會降低細菌或有害物質的活躍程度呢？當然，只是自己本身的感覺器官變得遲鈍這一點的可能性也非常高。

士道呼地吹了一口氣溫暖自己凍僵的雙手。冰冷的指尖一瞬間暖和了起來——但氣息中蘊含的水分冷卻後，反而比剛才還要冰冷。

「唉……感覺氣溫一下子降了許多呢。早知道我也圍圍巾或戴手套了。」

士道搓揉著掌心，再次吐出氣息。由於明白靠吐氣暖手也是白搭，他這次只是單純的嘆氣。

士道現在的裝扮是平常的制服外加一件厚大衣。他心想就算邁入十二月也不會冷到哪裡去吧，所以沒有放在心上，但看來他似乎低估了冬天的威力。

而且，可能因為夜晚到清晨溫度變化大而著了涼的關係，他從早上開始身體就不太舒服。是否該立刻折回去拿禦寒用品呢？

「嗯……」

不過，士道現在已經從家裡走到離學校正好一半的路程。現在回家的話，上學應該會遲到吧。但離學校又有一段距離，真是處於不上不下的位置啊。

「唔，你會冷嗎，士道？」

如此說完望向士道的，是走在他身旁的夜刀神十香。她睜著一雙夢幻的水晶眼瞳仰望士道，一頭如夜色的長髮隨著寒風搖曳。

她現在身穿制服，外加一件看起來十分溫暖的粗毛呢大衣，脖子圍著一條格子花紋的圍巾，而且手上還戴著連指手套，也許是心理作用，感覺她穿的襪子也是布料厚的那種。簡直就是一副冬天的打扮。

對了，十香前幾天跟其他精靈還有令音他們一起出門購買冬天的用品，大概是在那時候挑選的吧。黑色大衣配上紅色圍巾，非常適合十香。

「是啊……我好像有點太小看十二月了。我決定明天開始要穿暖一點上學。」

士道說完後，十香發出「唔嗯……」的一聲將手抵在下巴，直盯著士道的臉。然後，指著圍在自己脖子上的圍巾。

「對了，士道，這個給你用！毛絨絨的，很溫暖喔！」

「咦？不用了啦，這樣妳不是會冷？」

「唔……我沒關係啦，因為我有手套啊！」

十香說完，上下擺動手指動了動她可愛的連指手套。士道無力地露出苦笑。

「呃，我想靠手套脖子是不會暖和的……」

「唔……」

聽見士道說的話，十香沉思了一會兒後，像是想到了什麼主意似的捶了一下手心。

「有了！我想到一個好主意！」

十香發出雀躍的聲音，解開一圈圍巾，一半依舊圍在自己的脖子上，然後把圍巾的尾端遞給士道。

「好了，圍吧。這樣子我和士道都會很溫暖。」

十香如此說完，露出滿面笑容。

「這……這，不用了啦……」

不過，士道卻苦笑著推辭。

這也難怪。十香提出的方式或許確實能讓兩人取暖，但做出兩個人共圍一條圍巾上學這種宛如漫畫中情侶般的舉動，不知道同班同學們會對他投以什麼樣的視線……不對，也不是想像不出來，肯定充滿了羨慕、嫉妒和殺意。

然而，十香並沒有退讓。她讓士道握著圍巾的尾端，催促他快點圍到脖子上。

「你在說什麼啊，你這樣會感冒喔。」

「這……妳說的是沒錯啦，但我有其他的考量……」

就在士道露出左右為難的表情時，後方響起「躂躂躂！」的劇烈腳步聲。

「呵呵！愚鈍之徒！汝等還在這種地方啊！」

「超越。夕弦和耶俱矢停不下來。」

接著，有兩道影子大聲發出上述的聲音，同時超越士道和十香。

那兩道影子的身分是八舞耶俱矢與八舞夕弦。她們和十香一樣居住在精靈公寓，是長相一模一樣的雙胞胎精靈。兩人現在都在制服上面套上一件焦糖色的粗毛呢大衣，耳朵上戴著毛絨絨的耳罩。她們兩人的禦寒策略似乎也很完善的樣子。順帶一提，夕弦手上戴著的是普通的手套，而耶俱矢則是戴著露指的皮製手套。

「耶俱矢！夕弦！」

「哼，兵貴神速。抱歉，本宮先行一步……汝等在做些什麼？」

「疑惑。是在玩帶狗散步的遊戲嗎？還是說，一大早就在玩那種遊戲？」

八舞姊妹繞到士道和十香兩人面前，皺起眉頭說道。

於是，士道吃驚地抖了一下肩膀。由於十香讓士道握住圍巾的尾端，看起來就像士道牽著繫在十香項圈上的狗繩一樣。

「唔？什麼意思啊？」

「喂、喂，別說這種會招人誤會的話啦。這是因為……」

士道話才說到一半，耶俱矢和夕弦就轉過身。

「本宮不會過問汝個人的興趣，但在大庭廣眾之下，奉勸汝還是節制一點為妙。」

「首肯。請你也為配合你癖好的十香想一想。」

「就說不是了嘛——」

「那麼，再見了！在約定的場所再會吧！」

「離別。八舞是風之子，活蹦亂跳的。」

八舞姊妹只留下這兩句話便在通學路上奔馳而去。

「啊！喂，妳們就這樣誤會我……」

依那兩個人的個性，應該是不會到處毀壞士道的名聲，但……難保她們不會毫無惡意地說溜嘴，還是盡早解開誤會為妙吧。士道以目光追著兩人的背影，同時對站在身旁的十香說：

「……我說，十香。我想到不用借妳的圍巾也能溫暖身體的方法了。」

キメ

「唔？有那種方法嗎？」

「有……就是奔跑！」

士道說完朝地面一蹬，十香便發出「喔喔！」的聲音，隨後跟了上來。

士道好不容易緊追在身影越變越小的八舞姊妹後頭，持續奔馳了幾分鐘後——便抵達了學校，比預定時間還要快上許多。

「呼……呼……」

士道來到校舍入口的鞋櫃處，氣喘吁吁地將手撐在膝蓋上。十香臉不紅氣不喘地在旁邊詢問士道：

「士道，你還好嗎？」

「嗯，還行……」

士道擦拭著額頭上的汗水，點了點頭。體力比身為精靈的十香差是理所當然的事，不過……感覺比平常還要疲累，果然是因為早上氣溫驟降而感冒了嗎？

「呵呵！汝等挺有兩把刷子的嘛。」

「讚賞。不過，論速度，還是夕弦兩人稱霸。」

先行抵達學校的八舞姊妹擺出帥氣無比的姿勢迎接士道和十香。士道原本就沒有想過能追上她們，她們會在鞋櫃處等待自己真是走運。士道調整完呼吸後挺直身體，開口說道：

「妳們好像誤會了，我先聲明，剛才那是——」

「嗯？十香想要借汝圍巾吧？」

「當然。那種事情，一看就知道了啊。」

兩人表現出若無其事的態度說道。士道瞪大了雙眼。

「妳們早就看出來了喔！」

「呵呵，當然啊。沒有什麼事情是吾之魔眼無法看破的。」

「首肯。剛才只是耶俱矢吃醋，在捉弄士道而已。」

「喂……！汝別亂說！本宮才沒有吃醋！」

「逃跑。三十六計，走為上策。」

「喂，給我站住，夕弦！」

夕弦露出一臉事不關己的表情如此說完便一溜煙地跑走。耶俱矢也追在她身後，發出吵鬧的腳步聲進入學校。

士道目送她們的背影，唉聲嘆了一大口氣。

「真是的，那兩個人還是一樣精力充沛呢……」

「士道，我們也進去學校吧。要不然，好不容易變暖的身體又會冷掉喔。」

「嗯，說的也是。」

士道點頭回應十香說的話後，隨即脫下鞋子，打開鞋櫃。

然後，一臉納悶地皺起眉頭。

「嗯……？」

「唔，你怎麼了，士道？」

「沒有啦……鞋櫃裡沒看到我的室內鞋。」

沒錯。士道想像平常一樣拿出室內鞋，卻一把抓了個空。

「怎麼會。是有人弄錯，穿走了嗎？」

「唔……可能是吧。」

十香一雙眼睛瞪得老大，士道含糊地回答她。

室內鞋不見是霸凌常用的手段……但要是說出這種話，十香應該會感到不安吧。

況且，士道也想不到有誰會故意做這種事找他麻煩……不過，最近士道在學校裡的評價一落千丈是不爭的事實，無法完全否定這一點，真是挺悲哀的。

「沒辦法了，今天就穿拖鞋湊合湊合吧。」

士道如此說完便到事務處借賓客用的拖鞋，然後和十香一起走向二年四班的教室。

接著打開教室的門，走到自己的座位——然後停下腳步。
理由很單純。因為已經有人占據他的座位。
那是一名少女，特徵是擁有一頭及肩的髮絲和端整如洋娃娃般的臉龐。
不過，如果只是這樣也沒什麼好奇怪的。女生常常借坐其他學生的位子來和朋友聊天。
但那名少女卻躲在桌子底下，跪坐在地板上，臉頰緊貼著椅子等待士道。若是這種情況，那就另當別論了。周圍的同班同學散發出視而不見的氣息。
「……折紙，妳在幹嘛？」
士道瞇起眼睛如此問道。
沒錯，她正是鳶一折紙，既是士道的同班同學——也是上個月士道成功封印的新精靈。
通常精靈會集中居住在五河家隔壁的精靈公寓，但折紙捨不得離開充滿父母親回憶的房子，現在仍留在原本的家。因此，上學時間也跟士道等人有些出入。
聽見士道說的話，折紙從桌子底下爬出來。
「幫你暖好了。」
「椅子嗎！」
「不只椅子。」
折紙如此說完，摸索懷裡，拿出一雙室內鞋。

——因折紙的體溫而變得暖呼呼的士道的室內鞋。

「還有這個。」

「……原來犯人是妳啊！」

士道大聲吶喊後，十香緊接著扯開嗓子說：

「折紙！不可以拿走士道的室內鞋！害他只能穿拖鞋！」

「……！」

聽見十香說的話，折紙反射性地望向士道的腳下，然後深深低下頭。

「對不起。我思考得不夠周到。」

「沒……沒關係，下次注意一點就好了……」

「我滿腦子都在想，必須拿到今天早上構想出來的能夠同時保溫士道椅子和室內鞋的系統專利和商標權。」

「那是從安土桃山時代就有的保溫方式吧！」

士道大聲吼叫了一會兒後，像是感到疲憊似的唉聲嘆了一口氣，換穿上自己的室內鞋。

然後把書包掛在書桌上，打算脫掉大衣。

「等一下。」

就在這個時候，折紙出聲制止士道。

「嗯？幹嘛？」

「士道保溫系統・零式。」

折紙以淡淡的語氣如此說完便將手伸進士道脫到一半的大衣裡，緊抱住士道的身體，呈現宛如兩人共穿一件大衣的模樣。

「什麼……！」

「喂……喂，折紙！妳對士道做什麼！」

十香露出驚慌失措的模樣，動手想要把折紙扒開。然而折紙卻使出宛如虎鉗夾具般的力量，緊摟住士道不放。

不過，數秒後，折紙像是察覺到什麼事情一樣，抬起她原本埋進士道胸口的頭。

「你的體溫已經很高了。士道，你在發燒嗎？」

「咦？喔喔……沒有，我剛剛用跑的到學校，所以身體很溫暖吧。」

「是嗎？那就好。」

折紙說完便放開士道的身體，然後轉過身。

「折紙？妳要去哪裡？」

「有點事。」

折紙留下簡短的話語便走出了教室。

十香目送她的背影，氣呼呼地交抱雙臂。

「真是的，一點都不能大意！」

「哈哈……該怎麼說呢，折紙就是折紙啊……」

士道無力地笑著就座。

其實，剛才的折紙跟士道等人過去認識的折紙有些微妙的差異。

她可說是融合了原本的折紙和士道改變過去後所產生的乖巧折紙所形成的新折紙。

不過，從她剛才的行為看來，原本折紙的個性似乎比改變過去後的折紙來得強烈。

「唔？」

然而，聽見士道說的話後，十香歪了歪頭。

「你在說什麼啊？那傢伙的行為確實讓人看不下去，但並不是跟之前完全一樣喔。」

「是嗎？感覺反而變本加厲了呢……」

「可是，要是以前的折紙，在我硬扒開她之前勢必會死抱著你不放。而且，她剛才離開時的表情……」

「咦？」

士道一臉疑惑地瞪大雙眼。

「……」

折紙走出教室之後，在走廊上小跑步前進，來到沒有人的地方便背靠著牆，當場癱軟地蹲坐在地。

「……啊啊啊啊啊啊啊啊啊啊啊啊啊啊啊啊啊啊。」

她雙手摀住臉龐發出聲音。

體溫傳到手心。不用照鏡子也能輕易料到自己滿臉通紅。

「我怎麼會做出那種事。」

折紙發出顫抖的聲音呢喃，胡亂搔了搔自己的頭髮。

折紙分明只是正常地去上學，但在她看見士道鞋櫃的瞬間，內心的木下篤一郎秀吉便吶喊著必須溫暖殿下的室內鞋才行。然後，等她回過神來，懷裡便抱著士道的室內鞋，擺出像是被送上斷頭臺的罪人的姿勢，將頭放在士道的椅子上了。如今回想起來，依舊不知所以然。

然而另一方面，她卻又覺得這種行為是理所當然。不僅如此，她還認為沒有先將士道的運動服穿在制服底下保暖真是太失策了。既能溫暖士道的身體，也能滿足自己的心靈，正是達到所謂雙贏的關係。果然得搶先別人一步申請專利才行，名稱叫作折紙發熱瓶。有保溫瓶和臉頰發熱兩種層面的含意，是充滿機智的命名。折紙內心同樣存在著這種想法。

那是原本生活在這個世界的折紙與世界被改變前的折紙的意識混在一塊所引起的混亂。

而且，兩邊折紙的個性理應是平均分配，然而不知為何，在面對士道的時候，總是會被後者的感覺所支配。

這個身體原本是屬於改變世界後的折紙，兩者只會取得平衡，新融合的改變前的折紙絕對不可能占上風。

不過，改變後的折紙意識本來「百分之三十是對士道的愛意，百分之七十是得宜的舉止」，再加上「百分之一百二十對士道的愛意」的話，也難怪會失去平衡。

「士道會不會以為我很奇怪啊……」

折紙語帶嘆息地低喃後，四周正好響起「噹——噹——」的預備鈴聲。

「啊……得快點回教室才行。」

總不能一直處於這種狀態。折紙用手簡單梳理好凌亂的髮絲，雙手撐著膝蓋站起來。

但就在折紙彎過走廊的轉角時，「砰」的一聲撞到了人。

「呀！」

「啊，抱歉……折紙？」

站在她眼前的，正是剛才理應在教室分開的士道。

「原來妳在這裡啊。話說，剛才的聲音是……」

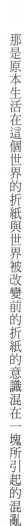

「沒什麼。倒是士道你怎麼會在這裡？」

折紙詢問後，士道便用手指搔了搔臉頰回答：

「沒有啦……妳看起來好像有點不對勁，想說不知道妳怎麼了就來看看情況……」

「……！」

折紙感到心臟撲通跳了一下。士道在關心折紙。光想到這一點，內心就稍微溫暖了起來。

不過，身體卻搶在感受到溫暖之前採取行動。

「我好高興。其實我身體不舒服，希望你幫我觸診。具體的部位是胸口和下腹部。」

折紙說著，同時一把抓住士道的手。士道發出「噫！」的一聲，屏住了呼吸。

——咦？咦？我在做什麼呀？折紙不理會內心的混亂，身體毫不猶豫地持續行動。

「醫生，麻煩你了。請溫柔但大膽一點。」

「十香！十香啊——！折紙果然還是老樣子啊——！」

士道的哀號響徹上課前的學校。

◇

「……」

司令官五河琴里獨自坐在〈拉塔托斯克〉於天宮市擁有的地下設施一角。

這名少女的特徵是用黑色緞帶綁成雙馬尾的長髮、披在肩上的深紅色外套，以及含在嘴裡的加倍佳棒棒糖。長相符合她現在的年齡，十分可愛，但她現在的表情卻宛如一名身經百戰的軍人般嚴肅。

這也是無可奈何的事。因為琴里手上拿著上個月成功封印的精靈〈惡魔〉(Devil)的資料。

〈惡魔〉。那是與最邪惡精靈〈夢魘〉(Nightmare)時崎狂三同樣被列為一級警戒對象的反轉精靈。

而她的真面目是前ＡＳＴ的鳶一折紙。琴里過目的資料上除了記載〈惡魔〉的詳細資料，還記載了偵訊她的結果。

「……唔。」

琴里輕聲低吟，同時將視線落在紙面的某個項目。

她雖然對改變世界和人格統一這兩件事十分感興趣，但是——最吸引琴里目光的，是折紙靠狂三的天使〈刻刻帝〉(Zaphkiel)回到五年前的天宮市時的事情。

沒錯。據說折紙為了拯救自己雙親的性命而回到了五年前，與某種存在對峙。

——〈幻影〉(Phantom)。賜予琴里、美九和折紙等人精靈之力的神祕存在。

「雖然稱不上是抓住你的狐狸尾巴的程度……」

琴里自言自語。

她過去也曾直接見過〈幻影〉一面。不過，當時〈幻影〉全身上下籠罩著類似雜訊的東西，聲音也像透過變聲器一樣，根本無法掌握他的真實面貌。美九也這麼說。

不過，據說折紙與〈幻影〉交戰，利用天使的力量剝開雜訊屏障，雖然只有一瞬間，卻聽見了他的聲音，看見了他的背影。

據折紙說──〈幻影〉是一名年輕的少女。

而且少女說自己有某個目的。

琴里瞪視著依照折紙的記憶所描繪出來的〈幻影〉的素描，開啟雙脣：

「〈幻影〉……你究竟是何方神聖？你到底有什麼目的？」

說完這句話後，有人恰巧在這個時間點敲了房門。

「是誰？」

「……是我。」

「喔喔，進來吧。」

房門在琴里回答的同時打開了，一名身穿〈拉塔托斯克〉制服的女性走進房內。隨意綁起的頭髮，加上用深深的黑眼圈裝飾的眼睛，她是〈拉塔托斯克〉的分析官，也是琴里的知己，村雨令音。

「有事嗎，令音？」

「……嗯，我本來想用終端機聯絡妳，但聽說今天妳有來。」

「是啊。」

琴里微微點了點頭。今天是平日，照理說琴里也應該跟士道還有十香她們一樣去上學。

「我想要調查一些事情。啊，我當然有確實計算出席天數，還在安全範圍之內。所以，妳找我有什麼事嗎？」

「……嗯。有件事情我很在意。」

「在意的事情？」

琴里歪了歪頭，令音便將手上的平板電腦展示給她看。

螢幕上顯示出各式各樣的數值和好幾條線交錯的圖表。

「這是……」

「……這是大家最近的靈波數值圖表。妳看這裡。」

令音說完指向一條線——一條只有它異常升高的線。

「這是怎麼回事？這幾天大家的精神狀態應該都很穩定對吧？究竟是誰的——」

話還沒說完，琴里猛然抖了一下肩膀。

「難不成，是鳶一折紙？」

她才剛被封印，原本是反轉精靈，展現出強大的威力，就算顯示出某種異常也不足為奇。

不過，令音緩緩地搖了搖頭。

「……不是。」

「那是誰？十香？四糸乃？妳該不會要說是我吧？」

「……都不是。這是——」

令音冷靜地告知此人的名字。

◇

上完數學和現代國文的課後，現在要上第三堂課。

二年四班的下一個科目是和三班一起上的體育課。

「喂——五河，我們慢慢晃過去吧。」

如此說著走向士道的，是一名用髮臘將短髮抓高的男學生。他是士道的損友，殿町宏人。

「喔喔……下一堂是體育課嗎？」

士道緩緩地抬起頭。殿町見狀，露出疑惑的表情。

「嗯？你怎麼了啊？臉色有點差耶！感冒了嗎？」

「嗯……不知道。今天早上開始就有點倦怠。」

「唔，你還好嗎，士道？」

「身體不舒服的話，在旁邊看同學上體育課比較好。」

十香從右邊的座位，而折紙則是從左邊的座位，分別一臉擔憂地探頭看士道。士道發出啊哈哈的笑聲，並且揮了揮手。

「不要緊啦，沒那麼嚴重。殿町，今天體育課要上什麼？」

士道詢問後，殿町便聳了聳肩，彷彿在表達：「你忘了嗎？」

「今天不是要體能測驗嗎？而且男女生測驗的地方就在隔壁，我計劃要盡情展現男人強健的一面！為了這一天，我在上課的時候，屁股還稍微離開椅子騰空咧！」

「上課中一直騰空嗎？」

「沒有，每一堂課平均五秒吧。」

「也太短！」

即使士道如此吐槽，殿町似乎也沒怎麼在聽的樣子。他面對十香和折紙的方向，猛然豎起大拇指。

「所以，各位女同學，要重新愛上我的話，請趁現在。敬請期待我大展身手。」

「士道，你真的不要緊嗎？要不要去保健室？」

「不要勉強，士道。去保健室休息吧。」

「哎呀，無視我嗎？聽我說一下話有那麼難嗎？小宏宏要鬧脾氣嘍！」

殿町嘟起嘴唇一臉不滿地說了。士道聽見他們一來一往的對話，露出苦笑，慢慢從椅子上站起來。

「體能測驗這點程度，我應該還應付得過來。延到下一次也很麻煩，我會參加。你先走吧，我隨後就過去。」

「好，別太勉強喔。你就只懂得擔心別人，對自己的身體狀況卻漠不關心。」

「哈哈……我會注意的。琴里也對我說過類似的話呢。」

「咦，真的嗎？我跟琴里美眉果然很投緣呢，你說是吧，大舅子。」

「少在那耍嘴皮子了，快點去吧。」

士道像是在趕狗似的揮了揮手後，殿町便微笑著離開了教室。

「好了……體能測驗是吧。」

士道一邊說一邊望向十香和折紙。

「……保險起見，我先叮嚀妳們，不要做得太認真。雖說力量已經被封印，但妳們的體能還是比普通人強。」

「唔，我知道。我打算好好地克制力量。」

「我會把力量收斂到常識範圍內。」

「很好。應該說，我比較擔心的人是耶俱矢和夕弦。幫我提醒她們，別互相較勁，更新太多紀錄。」

士道說完，十香和折紙便點了點頭。

確認兩人答應後，士道帶著運動服走到教室外，在半路跟兩人分開，進入更衣室（不知為何，折紙本來想跟著士道一起進去，但被十香拖到女子更衣室去了），換好衣服後來到操場。

結果立刻響起上課鐘聲，身穿運動服的菅沼體育老師出現，讓學生們排好隊。

「……啊，糟了。」

就在這個時候，士道微微皺起眉頭。

都到這個地步了，到剛才為止還沒有感受到的強烈暈眩感朝士道侵襲而來。

全身像發燒一樣發燙，意識漸漸模糊。菅沼老師好像在大家面前說明體能測驗的項目和握力測量器的使用方式，但士道完全聽不見他的聲音。

「唔……」

士道用力搓揉自己視野朦朧的雙眼。他沒想到病情竟然會惡化到這種地步……早知道就乖乖聽從十香她們的忠告，去保健室休息了。

當士道用模糊的意識思考著這種事情的時候，突然有人「咚咚」地敲了敲他的背。

「嗯……幹嘛……？」

往後看去，站在士道後面的學生指著前方。

「還幹嘛咧，換你測量握力了。」

「咦？喔喔……」

聽見同學的催促，士道這才發現在他精神恍惚的期間，排在他前面的學生們似乎都已測量完握力。

士道踩著搖搖晃晃的腳步走向前，拿起指針式握力測量器。

「下一個是五河啊。好了，先從右手開始測。要使勁握喔。」

手持記錄用寫字板的菅沼老師說完，手部做出用力抓握的動作。

「高中男生平均的握力大概是四十三公斤，目前最高紀錄是芳川的七十五公斤。你有辦法超越他嗎？」

菅沼老師打趣似的說完，體形魁梧的男學生——柔道社的芳川露出苦笑。

「別這樣啦，老師。我再怎麼樣也不會輸給五河吧……應該說，我要是連握力都輸給李爾王（註：日文發音同現充王），我的個人特徵就陷入危機啦。」

「說的沒錯。」

周圍的男學生發出「啊哈哈」的笑聲。「李爾王」用不著說也知道是莎士比亞的四大悲劇之一，為什麼這時會突然冒出這個名詞來？強烈覺得這個詞的用法好像跟原本的意思不一樣。

不過士道現在的意識模糊，沒有餘力意會這個詞背後代表的另一層含意。

在這種狀態之下，別說破最高紀錄了，連超越平均值都有困難吧……但也只能硬著頭皮上了。士道在右手使勁施力，握住握力測量器。

於是，下一瞬間——

在聽見「砰！」一聲的瞬間，有某種硬物掠過士道的臉頰。

「……？」

「喂……喂，五河。」

正當士道歪了歪頭感到疑惑時，發現周圍的學生們全都注視著他的右手。

「怎麼回事……？」

士道循著所有人的視線望向自己右手握著的握力測量器，結果發現握力測量器竟然壞了。彈簧被扯掉，握柄的部分完全緊貼在一起，原本應該位於刻度上的指針彈飛開來。看來剛才掠過士道臉頰的，就是那個指針了吧。

周圍的學生們突然開始喧鬧了起來。

「剛……剛才那是怎樣？」

「五河的握力到底是幾公斤啊……」

「讓……讓我看一下。」

菅沼老師從士道的手中拿走握力測量器後，從各個角度仔細端詳它。

然後，吐了一口氣。

「啊……大概是彈簧的部分金屬疲勞吧，畢竟是從以前用到現在的東西，壽命已經到了。你沒事吧，五河？」

「咦？我沒事……」

士道如此回答，一口氣緩和了原本倒抽一口氣的學生們的氣氛。

「啊，搞什麼嘛，嚇死我們了。」

「也難怪我們會嚇到啊，指針彈飛倒還好，但彈簧整個被扯掉耶。」

學生們像是豁然開朗一般點了點頭。

「……」

聽著其他學生的談話聲，士道一語不發地張開又握起右手幾次。

……原來如此，若說是彈簧金屬疲勞就解釋得過去了。士道又沒在做什麼像樣的肌力訓練，不可能破壞得了握力測量器，再說他現在的身體也處於十分糟糕的狀態。況且，士道剛才握住握力測量器的時候，幾乎沒使什麼力。

正當士道獨自思索事情時，耳邊又傳來菅沼老師的聲音。

「好了，接下來是扔手球，照順序從這裡扔球。高中平均大概是二十六公尺左右，手球社和棒球社可別低於平均紀錄喔。」

菅沼老師說完，班上幾名社團成員便露出苦笑。

接著學生們隨意排隊，依照老師的指示站在規定的位置上，開始扔球。

「喝！」

「淺井，二十四公尺！」

「看我的！」

「芳川，三十公尺！」

「嘿啊————！」

「殿町，你超線了。」

就在學生和測量人員的聲音交互響起十幾分鐘後，終於輪到士道。

「好，下一個，五河！手球不會壞掉，放心扔吧！」

「……好。」

士道有氣無力地如此回答後，隨便拿起放在籃子裡的其中一顆球，站在用消石灰畫出的圓圈裡面。

然後，在朦朧的視野中確認測量人員舉起手表示可以開始測量後，士道便緩緩地將右手舉向後方。

「喝！」

十香如此吶喊並朝地面一蹬，在前方的沙坑落地。

於是，手持測量器擔任測量人員的女學生——亞衣走了過來，測量從起跳線到十香腳印之間的距離。

「十香，兩公尺九十公分！」

「喔喔！是目前最高紀錄！」

「真不愧是十香呢！」

亞衣的死黨麻衣和美衣配合亞衣的聲音拍起手。

從大家的反應看來，似乎成功跳出常識範圍內的紀錄了。十香一臉滿足地點了點頭。

十香等人做完握力測量、扔手球後，現在正在測量跳遠。十香走出沙坑後，已經結束測量的八舞姊妹朝她走了過來。

「呵呵，很不賴嘛，十香。」

「首肯。真是絕妙的數字。」

「喔喔，耶俱矢、夕弦。妳們兩人的成績如何？」

十香詢問後，耶俱矢和夕弦便挺起胸膛、盤起胳膊。

「兩公尺五十公分。呵呵，若是吾等颶風皇女使出真本事，可是會引起騷動吶。唯獨今天，吾等試著改變比賽的形式。」

「同意。不是比賽誰創的紀錄比較高，而是誰比較接近一開始設定的數值。握力很容易控制，但扔手球和跳遠就有驚無險了。」

「喔喔，原來如此！」

十香瞪大了雙眼，拍了一下手。如果是這樣，確實能夠在不被大家懷疑的情況下較量。

正當十香和八舞姊妹聊著這個話題時，應該是排在十香後面的學生結束了跳遠測驗。

「——鳶一同學，兩公尺九十一公分！」

「喔喔喔喔喔喔喔喔喔喔喔喔喔喔！」

「跟十香她們三方鼎立啊！」

聽見亞衣、麻衣、美衣驚愕的聲音，十香回過頭。

折紙一副若無其事的模樣走向她。十香不悅地將嘴角往下彎。

「……折紙，妳應該不是故意的吧？」

「妳是指什麼事？」

「跳遠紀錄啊。為什麼就那麼剛好多我一公分？」

「碰巧的。」

「……真的嗎？我怎麼覺得妳握力測驗也比我多零點一公斤。」

「碰巧的。」

「扔手球也比我多一公分。」

「碰巧的。」

「唔……」

折紙態度如此堅決，害十香也開始覺得真的只是碰巧，但是……怎麼樣都無法釋懷。十香望著折紙繼續說道：

「那麼，下一個測驗項目妳先測，這樣我就認同妳只是碰巧。」

「那可不行。」

「妳果然是故意的嘛！」

十香忍不住大叫出聲。不過，折紙已經沒在看十香，她將視線移向操場內側——男學生做體能測驗的地方。

看情況，男生似乎還在扔手球。對了，剛才男生在測驗握力的時候好像發生了什麼騷動。可能是當中出了什麼問題而拖延到測驗的時間吧。

「唔？」

然後，十香發現似乎正好輪到士道扔手球。

不過十香眉頭深鎖，因為士道走向規定位置的步伐宛如病人般搖搖晃晃。

「唔，士道他不要緊吧？」

「他身體好像還是不舒服的樣子呢。得帶他去保健室才行，用公主抱抱他去。」

「給我等一下！有必要用公主抱抱他去嗎！」

就在十香抓住折紙的手的瞬間——

——耳邊響起咻一聲劃破天際的聲音，隨後從士道的手朝天空描繪出一條直線。

「啥……？」

從某處傳來有人啞然無言的聲音。

不過，那也是無可厚非的事。因為手球不是描繪出拋物線，而是宛如用尺劃出來的直線軌跡穿破雲層，消失在天空的彼方。那副模樣與其說是球，不如說是用彈射器射出的戰鬥機或彈道飛彈。可能是因為和大氣摩擦，球的表面燒焦的關係，產生的煙霧宛如飛機雲一樣形成線狀，逐漸消融在空氣中。

「…………」

操場陷入片刻的沉默。

在一片寂靜中，美衣低聲呢喃：「……掰掰肉（嘍）。」但沒有人吐槽她。

結果，士道異常的暴投最後解釋成是因為強烈的上升氣流所造成。如果不這麼解釋，大家就會對這個狀況百思不得其解，這麼說或許比較正確吧。

總之，在這場騷動過了十幾分鐘後，體能測驗繼續進行，現在正在測量五十公尺跑步時間。

「好，那麼下一隊，女生是夜刀神同學、鳶一同學、山吹同學。男生是殿町同學、淺井同學、五河同學。就定位。」

負責測量的學生下達指示。十香「嗯」的一聲點了點頭後，站在白線前。折紙和亞衣隨後就定位，然後士道也跟在兩位男學生的後頭，搖搖晃晃地走來。

「唔……士道，你走路搖搖晃晃的喔。要是身體不舒服，還是不要勉強比較好吧？」

「嗯，喔喔……我沒事的啦。」

士道說完揮了揮手。於是，十香「唔」的一聲發出低吟。雖然擔心……但本人都說沒事了，或許也沒有十香插嘴的餘地。

「——好，要開始嘍。男生的平均秒數是七點三八秒，女生則是九點零二秒。大家加油。」

負責測量的學生如此說完，舉起手打出預備的信號。十香等人依指示將手抵在地面，做出蹲踞式起跑的姿勢。

「那麼……預備，起跑！」

負責測量的學生用力揮下手。

十香在腳部施力，往地面一蹬將身體彈向前方，把女生和男生拋在後頭，奔馳在操場上。

然而，一道身影卻出現在眾人以為是一枝獨秀的十香身邊。是折紙。

「唔……！」

十香斜眼望向奔馳在她身邊的折紙。從折紙的表情可以看出她還游刃有餘，恐怕跟之前的體能測驗一樣，盤算著在抵達終點的前一刻甩開十香，以零點一秒之差勝過十香吧。

「休想得逞……！」

十香緊緊握住拳頭加快速度。不過，折紙也配合她調整速度，完全不打算落後她。兩人互相較量，越跑越快。

不過——就在這個時候，十香赫然驚覺——

她一心只想著要贏過折紙，不小心用大幅超越高中女生平均紀錄的速度在奔跑。

「糟了……」

要是打破紀錄會引來別人異樣的眼光。如此一來，也會給提供十香等人生存之處的〈拉塔托斯克〉帶來麻煩吧。究竟該怎麼辦才好——

然而，就在十香思考著這種事情的時候——

有一道影子以風馳電掣般的速度咻地經過十香的身邊。

「唔──？」

十香頓了一下才發現──

原來那道宛如沖天炮般衝過操場的身影是士道。

「！五……五河同學……跑出的成績是，四點三八秒……」

「什麼！」

「等一下，世界紀錄不是五點五六秒嗎？」

「而且五河同學在下達起跑指示後，還呆站在原地一會兒吧！」

「咦！那他實質的成績是幾秒啊！」

位於終點的學生們突然騷動了起來。

「嗯……大家怎麼了啊，那麼驚訝……」

然而，當事人士道卻一副不怎麼在意的樣子……應該說是意識朦朧的樣子，甩了甩頭後就這麼無力地癱倒在地。

「！士道！」

「士道──」

十香和折紙再次加快速度通過終點，衝向士道的身邊。

◇

……事情不太對勁。

士道在朦朧的意識中如此思索著。

他現在正躺在保健室的床上。因為身體發懶，暫時在這裡休息，不過身體狀況別說變好，反而還越來越惡化。

視力模糊、頭腦混沌、身體發熱，一股強烈的倦怠感朝全身侵襲而來。這症狀宛如患上難纏的流行性感冒。

不過，問題不在這裡。

「……我是怎麼了啊？」

士道輕聲呢喃後，抬起微微顫抖的右手，目不轉睛地凝視著它。

——凝視著在數小時前破壞握力測量器、將球扔向遙遠天際的右手。

班上的同學和體育老師似乎都大吃一驚，但最感到驚愕的，無疑是士道。因為士道幾乎沒有使力……應該說，即使他竭盡全力，也不可能會造成那樣的結果。

這種情況簡直就像是——

「……精靈……」

他發出斷斷續續的沙啞聲音如此低喃。

沒錯。那股力量，類似十香等人的精靈之力。

士道的確擁有透過親吻來封印敞開心房的精靈靈力的能力。

而且，雖說只能維持短暫的時間，但他也有顯現出精靈之力天使戰鬥的經驗。

但他還是第一次像今天這樣，在沒有敵人也沒有任何人陷入危機的狀況下，不自覺地展現出力量。

「這究竟是……」

就在這個時候，原本包圍住床周圍的布簾被人猛然拉了開來。

「士道！」

士道還以為是暫時離開的保健室老師回來了，然而——並非如此。站在他面前的，是他身穿國中制服的妹妹琴里。

「咦……琴里？妳怎麼會在這種地方……」

「十香她們聯絡我了。聽說你發燒昏倒——而且，還使出怎麼想都是精靈的力量。身體狀況如何……我看不用問也知道呢。」

琴里看見士道的模樣後，露出嚴肅的表情。

「妳該不會……有什麼頭緒吧……？幾個小時之前，我的身體就怪怪的……我自己也搞不清楚狀況……」

「……總之，到〈拉塔托斯克〉的設施檢查吧。我已經吩咐人把車子開到學校後門了。你走得動嗎？」

「嗯嗯……走到後門的話還可以。」

士道如此說完便慢慢坐起身，穿上擺放在床邊的室內鞋。

然後，在琴里的攙扶下走出保健室。

「唔……唔……」

士道踩著踉蹌的步伐走在走廊上。似乎在不知不覺間已經進入午休時間，周圍可見零零星星抱著便當的學生身影。雖然也有人對身穿國中制服的琴里以及被她攙扶著走路的士道投以好奇的目光，但他現在沒有餘力去應對。

其實士道想先回教室一趟，帶走書包和教科書，但他現在連爬樓梯都感到吃力。之後再拜託十香她們幫他帶回來比較好吧。

「──士道！琴里！」

就在士道思考著這種事情慢步前進時，前方傳來十香的聲音。

士道緩緩抬起頭，便看見十香還有折紙和八舞姊妹小跑步朝他走來。

「……妳們怎麼會在這種地方……」

士道詢問後，八舞姊妹便猛然擺出姿勢。

「這還用問嗎？因為午休時間到了，本宮正要前往衛生室察看汝的情況吶。」

「提問。士道你才是怎麼回事，不用休息嗎？」

「喔喔……我今天……想要早退……琴里說已經幫我準備好車子了，我打算走到校外……」

士道說完，四人像是在表達原來如此似的點了點頭。然後，折紙立刻迅速走向前。

「那麼，摟住我的肩吧，我送你到校外。再不然，摟住我的腰也行。來吧，士道。」

「唔……」

聽見折紙說的話，十香欲言又止。大概是懊悔被折紙搶先一步，但看見士道一副難受的樣子，又判斷現在不是鬥嘴的時候。

「嗯……謝謝。不過，已經快要到了，沒關——哇！」

士道正想踏出一步時，一個沒站穩，把手撐在位於左方的窗戶上。

於是那一瞬間，以士道手觸碰的位置為起點，窗戶出現放射狀的裂痕，隨後「磅」的一聲發出清脆的聲音，同時玻璃碎片迸散。

「咦……？」

士道發出錯愕的聲音，凝視著在轉瞬之間變得通風的窗戶。周圍的學生們無不瞪大了雙眼，對他投以視線。似乎是偶然位於現場的亞衣、麻衣、美衣突然大喊：

「咦？剛才的聲音是怎麼回事……」

「嗚哇，妳們看，玻璃破掉了！」

「怎麼？五河同學你在到處破壞中午校舍的窗戶玻璃嗎？是想擺脫什麼形象嗎？」

「不……不是，我什麼都沒……」

士道慌慌張張地離開窗戶。然後，這次又不小心把手抵在牆壁上。

結果，士道明明完全沒有用力，堅硬的牆壁卻像海綿蛋糕一樣被他挖了一個大洞。亞衣、麻衣、美衣見狀又再次感到驚愕。

「哇！咦！那是怎麼回事！」

「被他碰到的東西，全都傷痕累累！」

「跟碎心搖籃曲的歌詞一樣！」

「士……士道！你從剛才開始是怎麼回事啊！這到底是——」

十香一臉擔憂地說道。

「我也搞不清楚啊……」

士道在此時瞇起眼睛。因為不小心破壞牆壁而飛散在四周的建材粉塵刺激了士道的鼻腔。

「——哈……哈啾！」

害他不禁打了一個大噴嚏。

就在那一瞬間，整個走廊颳起宛如巨大颱風的暴風。玻璃窗嘎吱作響、紙張漫天飛舞、女學生的裙底風光外洩。

「嗚哇！」

「…………」

「嗚……嗚呀啊啊！」

「動搖。你幹嘛啊？」

「我……我什麼也……唔唔……」

士道搖了搖頭後——就這麼頹倒在走廊上。

◇

「——沒想到〈惡魔〉竟會落入〈拉塔托斯克〉的手中。」

執行董事艾薩克．威斯考特在DEM Industry日本分公司的一室輕聲嘆息。

他是個年約三十五歲的男人，特徵是擁有一頭顏色黯淡的灰金色頭髮，以及如刀刃般的雙眸。他全身穿著有如黑暗般漆黑的西裝，將視線落在攤開於辦公桌上的資料。

「非常抱歉。」

彷彿在回應艾薩克般如此說的人是站在他身旁，擁有一頭淺金色頭髮的少女，艾蓮·梅瑟斯。她是ＤＥＭ背後的執行力，第二執行部的部長，也是獨占世界最強之名的巫師。

威斯考特誇張地聳了聳肩後，搖了搖頭。

「妳不需要道歉。〈惡魔〉的事，連我也沒預料到。」

「只不過——」威斯考特嘆了一口氣。

「——錯失得到自然發生的反轉精靈這麼珍貴的樣本，實在是太可惜了。除了〈公主（Princess）〉之外，我還沒見過如此完美的反轉體。」

威斯考特說完，轉動椅子望向窗外。

威斯考特和艾蓮在距今約三個月之前，捕捉到精靈〈公主〉，成功令她反轉。雖然當時日本分公司的辦公大樓和周邊設施遭到破壞，還損失了許多兵器和巫師，但——這些不過是雞毛蒜皮的小事。

半毀的辦公大樓和設施已經透過顯現裝置修復完成，〈幻獸·邦德思基（Bandersnatch）〉只要再創造出來就好。就是可惜了優秀的巫師，但是只要想成他們是實現威斯考特等人夙願的基石，那也是無可奈何的犧牲。

「當然，精靈不可能原本就以反轉的狀態現身吧。〈惡魔〉究竟是基於何種理由陷入絕望的境地，我實在是無比好奇啊。如果可以，真想請她告訴我呢。」

威斯考特如此說道，並且從椅子上站起來。

「對了——艾蓮，剛才涅里爾島上的設施聯絡我。」

涅里爾島。聽見這個名字，艾蓮抽動了一下眉尾。

那個名字代表的是ＤＥＭ擁有的一個太平洋上的小島，以及小島地底下打造的實驗設施。

艾蓮會對這個名字產生反應也是理所當然的事。因為那個設施的最深處囚禁著ＤＥＭ的最高機密——過去她所捕捉到的被指定為特殊災害的生命體。

「看來『材料Ａ』已經處理完畢。〈公主〉的反轉帶給我們非常大的進展，估計有百分之七十五的成功率。妳不覺得這個數字不壞嗎？」

「那麼……」

聽見艾蓮說的話，威斯考特揚起嘴角。

「是啊。我們也差不多可以試著製造出一具完美的反轉體了吧？」

第二章　王者的行進

在〈拉塔托斯克〉所擁有的地下會議室裡。

琴里面對著一群坐在圓桌前的絨毛玩偶。

話雖如此，她當然不是真的在和絨毛玩偶說話。絨毛玩偶的下方皆放置了擴音器，每個擴音器都接通位於世界各地的〈拉塔托斯克〉最高層幹部的通話線路。

『——五河司令，這是怎麼一回事？』

裝設在哭臉老鼠娃娃身上的擴音器發出十分符合絨毛玩偶表情的窩囊聲音。

『五河士道力量失控的可能性不是很低嗎？』

「……資料沒有錯誤。這次的事態不應該發生，責任全在於我。」

『妳以為只要妳負起責任，就能解決這個問題嗎？』

流口水的鬥牛犬絨毛玩偶發出怒氣沖沖的聲音。

『他的身體現在可是儲存著八個精靈的靈力喔。要是力量失控……妳以為會造成多麼嚴重的損害啊！』

像是在安撫鬥牛犬的怒氣似的，醜貓玩偶開口說道：

『冷靜點。我們不就是為了防止這種狀況發生才事先準備好〈丹斯雷夫(Dáinsleif)〉的嗎？』

「……！」

聽見這句話，琴里皺起眉頭露出嫌惡的表情。

仔細回想起來，當初允許利用士道的能力展開封印精靈的作戰時，有附帶「條件」的就是這隻醜貓。

『……不過，五河士道對精靈們來說是很特別的存在。如果現在殺了他，精靈們可能會同時失去理智，大肆胡鬧，最壞的情況甚至可能反轉。』

『是啊，照理說應該會這樣吧。但是現在情況不同吧。』

『這……但是無論如何，若是殺掉他，我們會失去所有以往收集而來的精靈之力喔。』

『這我知道。不過，總比迎向最壞的結局來得好吧？』

聽見醜貓說的話，笨狗沉默不語。在這種情況下，這勢必是表示贊同的意思。

「…………」

琴里緊咬牙根——每個人都令她感到心煩意亂。

儘管不可能察覺到琴里的思緒，醜貓還是對琴里繼續說道：

『事情就是這樣，五河司令。萬一事態惡化，就麻煩妳解決掉他了。這是妳的職責。」

「…………」

琴里克制住想立刻衝到擴音器另一頭，揍飛聲音傲慢的醜貓本人的衝動，打算對他的話做出回應。

然而，坐在圓桌最裡頭的松鼠絨毛玩偶──擔任這個圓桌會議議長的艾略特．伍德曼卻搶在琴里回答之前開口說道：

『──妳可別誤會嘍，五河司令。』

「咦……？」

『妳最重要的工作不是在事態惡化時痛下殺手，而是努力避免「事態惡化」這件事。』

「…………！」

『拜託妳了，五河司令。』

「……是！」

琴里端正姿勢，敬了一個禮。

◇

在士道昏倒後過了幾個小時，十香等人依舊穿著制服，位於類似一間大休息室的場所。那是

〈拉塔托斯克〉所擁有的地下設施一角。牆邊擺著數台自動販賣機、螢幕以及觀葉植物等，椅子和桌子則是取適當的間隔來擺放。

這裡本來應該是機構人員在工作的空檔談天說笑的空間，不過——現在這個房間卻充滿宛如醫院進行手術時的家屬等候室一般的沉重空氣。

在那之後，十香等人合力將昏倒的士道抬到校外，和〈拉塔托斯克〉派來的人員會合後，陪著士道一起來到這個設施。

由於治療和分析需要花上一段時間，機構人員對她們說可以先回家一趟沒關係，但十香、折紙和八舞姊妹都不打算離開這裡一步。一想到……萬一士道在自己離開的期間發生什麼不測……就實在無法放心回家。

「士道不會有事吧……」

十香在沉靜的房間內發出不曉得是第幾次的呢喃聲。

不過，沒有任何一個人責備她。那也是理所當然的事，因為在場的每一個人都抱持著同樣的不安。

「一定……不會有事的。」

「沒錯、沒錯。只要大家一起照顧他，他一定馬上就會好起來的。啊，搞不好反而會全身發燙喔。」

回答十香的，是坐在十香對面的嬌小少女和戴在她左手上的兔子手偶。

分別是四糸乃和她的朋友「四糸奈」。四糸乃和十香等人一樣，是住在五河家隔壁公寓的精靈。她聽到士道昏倒的消息，也急忙趕到這裡。

「說……說的也是……有琴里和令音在，士道一定會沒事的……」

不過，正當十香想點頭的時候，一名坐在四糸乃身旁，眼神凶狠的少女露出陰鬱的表情開口說道：

「……不，難說喔。事情總有個萬一。保險起見，還是先做好心理準備比較好……」

讓原本暗淡的氣氛更加灰暗。聽見如此絕望的話語，十香露出愕然的表情。

「怎……怎麼這樣……」

「喂！別說這種不吉利的話！」

「叱責。就是說啊，七罪。十香會當真的。」

八舞姊妹大聲說道。於是七罪抖了一下肩膀，蜷縮起她原本就有些駝的背。

「……可是就我的經驗來說，抱持著希望卻落空，跟做好某種程度上最壞的打算後再落空，後者還比較好吧……」

「不要以落空為前提說話好嗎？很討厭耶！」

「……對……對不起……」

耶俱矢發出高八度音說完，七罪便一臉抱歉地移開視線。

之後再次陷入片刻的沉默。設置在房間牆面的時鐘的指針聲聽起來格外響亮。

「——話說回來……」

折紙發出聲音打破寂靜。

「就算身體再怎麼不舒服，士道今天的狀況都很脫離常軌。簡直就像是——無法控制力量的……精靈。」

「……」

聽見折紙說的話，十香和八舞姊妹——親眼目睹士道情況的人都發出「唔」的聲音。

以往士道也確實發生過幾次身體不舒服的情況，尤其是罹患叫什麼流行性腮腺炎，臥病在床的時候，看起來非常難受的樣子。

不過正如折紙所說，今天的士道跟以往身體不舒服的時候情況明顯不同。

「妳的意思是……士道也是精靈嗎？」

「不知道。」

折紙面不改色地搖了搖頭。「可是——」然後繼續說道：

「我實在不認為士道是普通的人類。根本的問題在於，為什麼士道會擁有能夠封印精靈的力量，根本沒有人對我們說明這件事。」

「……妳的意思是，士道和〈拉塔托斯克〉對我們有所隱瞞嗎？」

如此說的是躲在四糸乃身後的七罪。

「我沒這麼說。有可能連士道本人和〈拉塔托斯克〉都還沒完全掌握士道能力的真面目，以及具備這個能力的原因。不過，撇開這些不談，〈拉塔托斯克〉這個組織未免也太神祕了。」

折紙淡淡地繼續說道：

「對於他們拯救我，我的感謝之情難以言喻。不過說到底，為什麼〈拉塔托斯克〉會想保護精靈呢？我實在不認為他們會不求回報而投入龐大的費用到如此危險的行動中。」

「這個嘛……」

十香抿起嘴唇。

不對，不只十香。耶俱矢、夕弦、四糸乃以及七罪都望向折紙，一語不發。

折紙說的確實有道理。先前對這個世界一無所知的十香一開始並沒有想到這個問題，但是在她以人類的身分生活的期間，便漸漸隱約了解到〈拉塔托斯克〉這個組織擁有多麼龐大的權力。

這樣的組織千方百計地幫助十香等人。由於她們理所當然般地接受了對方的恩惠，所以並沒怎麼意識到倘若沒有〈拉塔托斯克〉，十香等人甚至不可能去上學。

〈拉塔托斯克〉為何會如此禮遇十香她們——重新被人問起這個問題，無法立刻回答出個所以然是不爭的事實。

「唔……」

十香一臉為難地發出呻吟聲。與此同時，有人打開了房門，琴里和令音從門外走了進來。

「——琴里！」

「嗨，十香。抱歉啊，我家士道給妳添麻煩了。」

十香呼喚琴里，琴里便聳了聳肩並且環視整個房間。

「……？妳們怎麼了嗎？」

琴里歪了歪頭，似乎察覺到房間裡洋溢的莫名氣息。於是，折紙搖了搖頭改變話題：

「沒什麼。倒是士道的情況如何？」

「……？」

琴里雖然再次露出疑惑的表情看著大家的臉，但隨後便點了點頭。

「那我就開始向大家說明了……美九好像還沒到的樣子呢。」

琴里說完，站在她身旁的令音輕聲說道：

「……我已經聯絡她了，但她現在好像因為工作的關係，人在關西。」

「唔……那就沒轍了。反正只要在今天之內趕來，總有辦法吧。那我就先跟妳們——」

琴里話還沒說完，走廊的方向便傳來「躂躂躂躂」的吵鬧聲。

「——達～～～～～～～～～～～令～～～～～～～～～～～～～！」

「咦？」

琴里瞪大了雙眼，隨後便有一道人影從開啟的房門蹦了出來，一把抱住站在原地的琴里。

那是一名擁有一頭藍紫色頭髮的高挑少女。現在臉上化著完美的妝容，身穿看似舞臺裝的閃亮服裝，外面披著一件大衣。

「美……美九！」

琴里發出高聲吶喊，然而美九一副沒聽見的模樣，雙手用力緊抱住琴里，並且用臉頰摩蹭琴里的臉。

「你沒事吧，達令！人家聽見達令你昏倒的消息，坐也不是、站也不是，包了一架直升機趕回來了。人家是你親愛的美九喲～～～～！」

「妳……冷靜一點啦——」

「啊啊！真是令人同情啊，達令！你竟然變得這麼嬌小……！手臂和腿部還很有彈性！皮膚滑溜溜的，簡直就像琴里一樣！」

「不是簡直，就是我本人啦！」

琴里大叫出聲後，美九這才總算猛然睜大雙眼。

「哎呀～～琴里。妳在這種地方做什麼呀？竟然趁人家不注意的時候投入人家的懷抱，呵呵呵，琴里還真愛撒嬌呢～～」

「妳是故意的吧！話說，妳可以不要對我毛手毛腳嗎！」

「討厭啦，妳好壞～～」

琴里推開美九逃出束縛後，美九便一副依依不捨的樣子嘟起嘴脣。

「真是的……好了，隨便找個位子坐下吧。我要說明士道的情況了。」

「好～～～～」

美九乖乖舉起手，在附近的椅子上就座。七罪身體抖了一下，移動到美九看不到的位置。

琴里見狀，輕聲嘆了一口氣，接著望向令音。

「那麼，令音，麻煩妳了。」

「……好。」

令音如此說完便將手上的終端機平放在桌上，開始操作。

於是，嵌在房間牆面的大螢幕顯示出和令音的終端機相同的畫面。

「這是……」

十香仰望著大螢幕，輕聲呢喃。

螢幕上顯現出士道的全身圖、一堆複雜的數字，以及類似圖表的東西。

「這是分析完士道現在的狀態後做成的圖示。要是在〈佛拉克西納斯〉，可以更早完成，但被某人大肆破壞。」

「誰啊，竟然做這麼過分的事。」

琴里諷刺地說完，折紙立刻若無其事地回答。琴里只好苦笑著聳了聳肩。

「——總之，這就是士道目前的狀態。這個圖表上的紅線代表士道的靈波反應。老實說，這個數值不正常。基本上，從人類身上偵測到靈波反應這件事本身就不正常了。」

「唔……我搞不太懂，為什麼會發生這種事？」

十香詢問後，琴里便喊了一聲：「令音。」令音聽了，便將顯示在螢幕上的圖表切換成其他的畫面。

顯示出來的是士道位於正中央，而十香和折紙等精靈圍繞在他四周的配置圖。士道與精靈之間各自連結著一條光芒來來去去、隱隱發光的線。

「……妳們就想成這是正常的狀態吧。希望妳們這麼思考，小士雖然擁有封印精靈靈力的能力，但那並非將力量從精靈身上完全奪走、阻隔，而是有一條隱形的路徑連結著自己和精靈之間，將大部分靈力保存在自己的體內，同時慢慢循環的狀態。」

令音一邊說一邊敲下按鍵。於是，原本位於士道體內的光芒透過路徑分配到各個精靈身上。

「……這就是妳們精靈精神狀態不穩定時的圖。小士和妳們體內的靈力比例會改變，因此妳們便能顯現出限定靈裝或天使。」

「唔……原來如此。」

「指摘。耶俱矢不懂裝懂。」

「本……本宮才沒有不懂裝懂！本宮真的明白啊！」

耶俱矢和夕弦開始鬥起嘴來。令音微微清了清喉嚨。

「……我可以繼續說下去嗎？」

「請……請說……」

「道歉。麻煩妳繼續說下去。」

兩人垂頭喪氣地縮起肩膀，令音便再次操作終端機，將畫面切回原來的圖示。

「……然後，這就是現在發生在小士身上的狀況。」

令音說完，士道與精靈間的路徑同時變細，來回活動的光線動作變得緩慢。

「這……這是……」

「……分析的結果，發現小士和妳們連結的路徑突然變狹窄，處於妨礙靈力循環的狀態。」

「這樣會……造成什麼問題呢？」

四糸乃一臉不安地將眉毛皺成八字形，同時提出疑問，令音便緩緩地點了點頭。

「……嗯嗯，本來應該循環的靈力會持續停留在小士的體內——會引發類似負荷過重的狀態。這就是小士症狀的原因。無處釋放的靈力透過小士的身體展現出來，才會造成他發揮出超乎常人的體能吧。」

令音敲下按鍵後，士道的圖漸漸染成紅色。
「怎麼會……這下不就糟了嗎！」
十香拍打桌面同時站起身來，琴里便盤起胳膊，豎起含在嘴裡的加倍佳糖果棒。
「是啊，這情況不怎麼樂觀。要是這種狀態持續下去，累積在士道體內的靈力有可能會失控，八人份的靈力一下子爆發出來喲。光是想像就夠嚇人的了。」
「沒……沒有辦法幫助士道嗎？」
十香懇求般逼近琴里。於是，琴里輕輕拍了拍十香的頭好讓她冷靜下來。
「當然有辦法啊。所以我才召集妳們過來。」
「唔……？」
十香瞪大眼睛，琴里便從椅子上站起來，繼續說道：
「簡單來說，就是將士道和我們之間的路徑恢復到正常狀態就行了。只要做到這一點，靈力就會循環，士道的症狀應該也會改善。」
「這……這樣啊！」
「可是，到底該怎麼做才能擴大路徑呢？」
美九將手指抵在下巴，並且歪了歪頭。
這時，琴里不知為何一臉尷尬地支支吾吾。

「呃，這個嘛……」

「……咦！妳該不會不知道方法，就叫我們去做吧？」

七罪瞇起眼睛說道。

「不……不是啦。我知道方法啦。」

「……呃，那麼，是那個方法很難執行……嗎？」

「不……也不是這樣。」

「那妳就告訴我們啊～～到底要怎麼做才能幫助達令呢？」

「就……就是……」

琴里臉頰泛紅說不出話來，令音看不下去便開啟雙脣說：

「……接吻。」

「咦？」

「妳剛才……說什麼……」

所有人驚訝不已，令音點了點頭回答：

「……小士靠接吻封印精靈的靈力。也就是說，經由這樣的行為能夠建立起連結你們彼此之間的路徑。為了再次擴大變得狹窄的路徑，妳們全部的人都必須再次和小士接吻。」

「原……原來如此……」

十香點了點頭，用自己的手指觸碰嘴唇。

這麼說來，十香在靈力被封印的時候和士道接了吻。如果說兩人之間是因此而建立起路徑，那麼再次透過接吻開啟路徑也不無道理吧。

不過，十香思考到這裡時發出「唔？」的一聲，歪了歪頭。

「等一下，令音……這該不會代表士道跟所有精靈都接過吻吧？」

「……？嗯，沒錯啊。」

聽見令音說的話，十香將眼睛瞪得老大。

「什麼……是……是這樣嗎！」

「咦！難道十香妳不知道嗎？」

「呃……那妳原本以為他是怎麼封印大家的靈力啊？」

「唔……？這個嘛……」

被耶俱矢這麼一問，十香將手抵在下巴沉思，發出低吟。但最基本的問題在於，十香過去根本沒有將接吻與封印兩件事聯想在一起。

「是喔……原來是這樣啊。」

十香以前曾經對士道說過希望他幫助精靈，但也同時說出不准他和自己以外的人接吻。

「唔……」

她現在終於明白當時士道為何露出為難的表情了。因為接吻是封印精靈力量的必要條件。十香似乎在不知不覺間對士道提出了無理的要求。

「那個～～十香？」

美九探頭窺視陷入沉思的十香的臉。十香正好猛然抬起頭。

「好……我願意！我願意親吻士道！士道曾經幫助過我，這次換我幫助他了！」

十香說完，周圍的精靈們也紛紛高聲吶喊：

「我也會……努力……！」

「哼……真是令人操心的哥哥。」

「呵呵！因為接吻而清醒過來，簡直像童話故事吶！」

「首肯。沉睡森林的士織公主。」

「咦！那是怎樣？可以把詳細內容說給人家聽嗎？」

「……重點是那裡嗎？」

「我什麼事都願意做。既能幫助士道又能跟他接吻，簡直是一舉兩得。我沒有異議。」

聽見精靈們的回答，令音緩緩地點了點頭。

「……謝謝妳們。那麼，我立刻帶妳們去小士的病房。要是拖太久，他應該也不好受。」

「嗯，走吧！」

十香如此說著「砰」地拍了胸脯一下，同時站起身來。其他精靈也像是下定決心似的點了點頭，接二連三地站了起來。

然而，當令音想帶領大家離開房間時，卻突然停住了腳步。

「……啊，對了。如果妳們不好意思在大家面前接吻，照順序一個一個進入病房也沒關係……妳們想怎麼做？」

聽見令音說的話，精靈們像在想像自己接吻的畫面般發出「唔嗯」的低吟聲——隨後臉頰微微泛紅。

「唔……如果可以這麼做，就感激不盡了。」

「說……說的也是……」

「呵……目睹本宮接吻者，其雙眼將會受到無法擺脫的詛咒。」

「翻譯。耶俱矢說她會害羞。」

「我……我哪有這樣說啊！」

大家似乎還是不好意思讓別人看見自己接吻的樣子。只有一名少女表示：「咦～～人家倒是無所謂喲～～人家反而還想躺在達令的旁邊，讓大家親吻達令的時候也順便親吻一下人家呢～～」不過，這算是例外吧。

「……唔，那就這麼做吧。妳們隨便決定一下順序吧。」

「好，就決定輪流進去吧。」

聽見琴里這麼說，其他精靈紛紛表示同意。

不過——

「我排最後一個沒關係。另外，希望妳告訴我病房能不能上鎖。如果有完善的隔音設備就再好不過了。」

折紙這麼說的瞬間，所有人都抽動了一下眉毛。

「……我覺得還是大家一起進去房間比較好。」

「是啊，這樣好像比較好呢。」

「為什麼？」

折紙歪了頭感到疑惑，但其他人不予理會，跟著令音離開。

然後走在長廊上，來到某一扇門前面的時候，令音停下腳步。

「……就是這裡。我想小士應該還在昏睡，大家安靜地進去吧。」

「嗯，知道了。」

十香點了點頭便慢慢地打開門。

房間內部的構造宛如真正的病房，以白色為基調的六坪大空間裡放置著一張大床。

然後，床上躺著發出呻吟聲沉睡的士道——

才怪。

「唔……?」

「奇怪……士道呢……」

進入房間的所有人同時瞪大了雙眼。

然而,這也是理所當然的。因為本以為士道正在睡覺的床上,只看見前一刻為止理應還有人躺在上面的凹痕、隨意被拔掉的點滴針頭,以及散落在床上,本來應該貼在身上的電極貼片。

◇

浮在太平洋上的小島涅里爾島,這一天難得喧囂。

英國企業DEM Industry公司在距今約二十年前買下這座無人島後,於地底下建造大規模的實驗設施。

但它的存在並未公開,小島的位置也沒有標記在地圖上。簡單來說,就是DEM用來進行如果公開就無法避免遭到世界批判的實驗。

因此,平常駐守在這裡的頂多只有五十名左右的研究員、三十名處理雜務的作業要員,以及數名護衛的巫師。不過,要是把設施中一大群實驗對象當成人類算進去,數量大概會增加一倍以上就是了。

總之，從地面上所見的涅里爾島，除了以一週一次的頻率進行的補充物資與心血來潮造訪的總公司大人物之外，是個鳥不生蛋、極其寧靜的小島。

——而如今卻有將近一百名的巫師聚集在這座小島。而且，所有人都穿著接線套裝和CR-Unit，處於備戰狀態。再加上小島的周圍還展開了三百架以上遠距離操作型的〈幻獸・邦德思基〉，若是只見識過平時島上景色的人看見這幅光景，肯定會以為有戰爭要開打了。

「還真是勞師動眾呢。」

諾克斯從運輸機的駕駛艙眺望著充滿巫師的跑道，「呼」地吐了一口氣。坐在他身旁的副駕駛巴頓點了點頭回應他：

「代表這個『材料A』就是如此重要吧。」

巴頓說完，用大拇指指向駕駛艙的後方。

沒錯。諾克斯兩人負責運送安置在這座涅里爾島最深處的重要物資——通稱「材料A」。

「是沒錯啦。不過，也未免太有幹勁了吧。這些巫師的人數是怎樣啊？是第七艦隊要攻打過來嗎？」

聽見諾克斯打趣似的話語，巴頓露出苦笑。

就在這個時候，諾克斯眨了眨眼。

因為運輸機的正前方——跑道正中央，不知不覺間出現了一道細小的人影。

「嗯……？」

他原本以為是巫師或是涅里爾島的研究員，然而——並非如此。站在那裡的，是一名年輕的少女。

她身穿一襲彷彿纏繞著影子和鮮血的洋裝，擁有一頭綁成左右不均等的黑髮，以及——如時鐘錶盤的左眼。

「那是……什麼啊？萬聖節不是在上上個月結束了嗎？」

諾克斯一臉疑惑地呢喃，位於跑道的巫師群似乎這才同時慢了一拍地察覺到少女的存在。他們將手槍指向少女，高聲吶喊：

『來者何人！妳到底是從哪裡進來的！』

巫師的聲音透過通訊器傳來。

然而，下一瞬間——

『——嘻嘻嘻，我終於找到妳了，「第二精靈」。』

通訊器傳來少女的聲音，隨後便有一道影子從少女的腳下延伸到持槍的巫師們腳下。然後，有好幾隻白皙的手從那道影子伸出，將巫師們拖進影子裡。

『這……這是……怎麼回事啊……！』

『影……影子竟然……！』

『笨蛋！別冒然靠近！那傢伙可是──〈夢魘〉啊！』

一名巫師如此說完，少女便將嘴脣彎成新月狀。

然後下一瞬間，一群和〈夢魘〉相同面貌的少女從宛如地毯般擴展開來的影子中爬出。

『嗚……嗚哇啊啊啊！』

『冷靜點！保護「材料Ａ」！』

巫師們準備好CR-Unit應戰，〈夢魘〉群從影子中拿出老式步槍和手槍。

──寧靜的小島，剎時之間轉變成殘酷的戰場。

原以為堅若磐石的防衛一個接一個被突破。因為無論巫師殺死多少敵人，還是有無窮無盡的少女從影子中不停湧出，運輸機遭受少女的魔手也只是遲早的事情。

『──諾克斯駕駛！這樣下去會遭受攻擊！我們啟航吧！』

「開什麼玩笑！護衛的巫師還沒有搭乘耶！再說，你要我在這種情況的跑道上滑行嗎！」

『沒有其他辦法了！快點！』

「唔……！」

諾克斯皺起臉，握住操縱桿。

——運輸機響起的低沉驅動聲越來越大。

耳尖的〈夢魘〉——時崎狂三聽見這個聲音後，露出邪佞的笑容，然後高舉手中的步槍對「眾狂三」發號施令。

「別讓他們逃跑嘍。是吧——我們？」

好幾名分身聽從狂三的命令，衝向運輸機。

然而，下一瞬間——

「——！」

才剛聽見頓住呼吸般的聲音，衝向運輸機的五名分身腦袋便同時飛舞在空中。片刻之後，頭部以下的身軀噴出大量鮮血，癱倒在地，抽搐了一下。

「……哎呀、哎呀？」

狂三露出銳利的眼神，望向出現在現場的巫師。

「…………」

那是一名金髮少女，身穿不同於其他巫師——設計類似艾蓮·梅瑟斯裝備的接線套裝。還殘留著稚氣的柔和面孔，如今卻裝飾著凶險的表情。

狂三輕輕從鼻間哼了一聲。她一眼就看出這名少女和其他巫師的實力不同。展開隨意領域的熟練度和一瞬間便讓分身身首分離的手法，明顯不是平凡人。

「出現有點棘手的人物了呢……不過，妳以為我們這樣就會放棄了嗎？」

狂三露出挑釁的笑容。

不過，少女並沒有回應，只是舉起手上富有特徵的光劍。

「──〈阿隆戴特(Aroundight)〉。」

瞬間，分散在周圍的分身群同時衝向少女。

然而，少女操作隨意領域使分身群的動作遲鈍了一下子，然後趁機彈跳，逼近狂三，直接將狂三的身體劈成兩半。

「啊──嘎……！」

狂三胸口噴出大量的鮮血，凝望著萬里無雲的青空，仰倒在跑道上。

數秒後，她的眼角餘光看見轟隆作響的運輸機起飛的畫面。

「哎呀、哎呀……被打敗……了呢……」

即使咯血，狂三依舊綻放狂妄的笑容。

「不過……事情不會……就此終結。『我們』……會奪走……第二精靈……」

「…………」

少女舉起〈阿隆戴特〉。

狂三在此時失去了意識。

◇

士道在發著高燒、意識模糊的情況下，踏著緩慢的步伐走在街道上。

有一種自己的身體融化，不知是否還維持著人形的模糊感覺。事實上，能保持正常的平衡感，兩腳行走在地面上這件事情本身就已經是奇蹟了。但不知為何，步伐卻比剛才還要穩健。從旁人的眼裡看來，一定不會有人認為士道身體非常不舒服吧。

「呃……我要幹嘛啊……？」

思考到這裡時，士道停在路上歪了歪頭。他想不起自己為何會在這裡，要前往何方。

他記得醒來之後，自己處於一個陌生的房間裡，身上宛如病人一般吊著點滴、貼著電極貼片。察覺到這件事時，不知為何，士道覺得不應該再待在那裡，便溜出那個房間，走到外頭。

走了一陣子後便來到熟悉的街道。寬廣的道路以及沿路並排的好幾家店鋪，這裡是士道也經常來購物的天宮市某條大道。

雖然不知道時間，但街上可以看見零零星星疑似放學要回家的學生身影。大家都穿著看起來十分溫暖的大衣，嘴裡吐著白色的氣息走在路上。

「……奇怪？」

他在這時又發現另一件奇怪的事。

士道低下頭看自己的服裝。是他看習慣也穿習慣的來禪高中制服。他雖然有套上原本掛在床邊的西裝外套，卻完全沒穿戴任何一件大衣之類的禦寒用品。

然而，士道從剛才開始一點兒都不感到寒冷。看見街道上來來往往的行人的裝扮，他才發現這件事。

應該不可能是因為正在發燒的關係吧，而是一種宛如有一道隱形的薄膜包圍在自己的四周，讓身體保持在適當溫度的感覺。

就在這個時候——

「咦？五河同學？你今天不是早退了嗎？」

「啊，真的是五河耶。而且在這種寒冷的天氣竟然沒穿大衣，一副健康寶寶的樣子呢。」

「所以你是找藉口休息嘍。Guilty！」

當士道正在發呆時，後方突然傳來這樣的聲音。

往聲音來源看去，發現是士道班上的手帕交三人組，山吹亞衣、葉櫻麻衣以及藤袴美衣，三人分別穿著不同顏色的大衣。

「話說啊，五河同學，你今天的體能測驗是怎麼回事？」

「就是說呀。你到底是動了什麼手腳？你是棒球新人選拔賽的冠軍嗎？」

「對啊、對啊。不過那場打噴嚏颱風，感覺五河同學好像能將想偷窺女生內褲的欲望具體呈現出來，就先不追究了。」

三人一邊說一邊走近士道。士道一語不發，慢慢轉過身來面對她們。

然後依序凝視著三人的臉龐，用發燙的腦袋思考。

這群少女到底有何貴幹？雖然說了許多話，卻沒有重點。應該說，士道甚至感覺她們的聲音聽起來只像是某種聲響。

士道思考著該回答她們什麼、該採取什麼樣的行動——

「啊……對了……」

於是，他尋找出一個答案。

既然有女生站在他的面前——

那麼士道應該做的，就只有一件事。

他發出細小的聲音，對現在仍唧唧喳喳說個不停的三人說道：

「——山吹、葉櫻、藤袴……妳們三個，仔細一看還滿可愛的嘛。」

然後用真摯的眼眸凝視著三人。

沒錯。面對女生，士道該做的事。

為了拯救世界，反覆進行好幾次的行為。

「遇到女生，士道就必須讓對方迷戀上自己」。

於是那一瞬間，原本口若懸河的三人宛如按下搖控器的暫停鍵似的，突然停止動作。

經過數秒後，一臉疑惑地皺起眉頭。

「你……你說什麼？」

「你突然開什麼玩笑啊……？」

「有聽說過熱昏頭，但沒聽說過冷昏頭這種罕見的實例呢……」

亞衣、麻衣、美衣你一言我一語地說著。不過，士道並非以戲謔或開玩笑的口吻，而是以認真的語氣繼續說：

「我沒開玩笑。妳們三個都超可愛的。為什麼我之前都沒發現呢？山吹，不對，亞衣。」

「咦？」

士道呼喚著亞衣的名字並牽起她的手，於是亞衣一臉訝異地瞪大雙眼，接著像是赫然想起什麼似的，用另一隻自由的手摀住自己的嘴脣。

不過，士道並不在意。他綻放溫柔的微笑，繼續說道：

「我很清楚妳有多麼溫柔。謝謝妳平常照顧十香。不過，我在不知不覺間發現自己總是越過十香的肩膀，追逐著妳的身影……」

「那……那個，五河同學？我啊……」

「嗯，我明白。妳喜歡隔壁班的岸和田吧。戀愛中的少女最美麗，這句話所言不假呢。我有點嫉妒啊。」

「唔啊！」

看見士道用認真的眼神對自己這麼說，亞衣滿臉通紅地向後退。

士道微微一笑，這次換牽起亞衣旁邊的麻衣的手。

「——麻衣。」

「是……是滴！」

或許是看見士道對亞衣所做的行為來龍去脈吧，麻衣因為緊張而發出高八度的聲音。

「妳老是說自己很平凡，但我不這麼認為。不用硬是要盛裝打扮或扮演不屬於自己的個性，妳只要做妳自己就能成為我特別的唯一。」

「啊嘎！」

想必這句話觸動了麻衣的心弦吧。只見麻衣和亞衣一樣羞紅了臉，身體向後仰。

士道見狀，接著觸碰美衣的手。

「美衣。」

「幹……幹嘛？」

美衣露出警戒又期待的複雜表情。

「仔細一想，三人當中祕密最多的就是妳呢。一開始只是出於好奇心，但是和妳聊著聊著，就變得想揭開妳神祕的面紗呢。希望妳將一切展現給我看。」

「噠哇！」

士道配合最後的話語，將臉湊近美衣。美衣的耳裡冒出了煙。

士道凝視著她們，微微一笑。接著向後退一步，彈了一個響指。

不知為何，士道的腦海自然而然就理解到只要「這麼做」就會「發生什麼事」。

於是，配合這個動作，周圍原本就已經夠低的氣溫又更降低，空氣中的水分凍結，在士道的周圍製造出閃閃發光的結晶。

接著，士道把手由下往上一揮，冰的結晶便沿著軌跡化為玫瑰花。士道重複這個動作三次，將三朵透明的花分別遞給亞衣、麻衣和美衣。

「送給妳們，我的三位公主。」

「這……這是怎麼回事！」

「好厲害……是在變魔術嗎？」

「好冰！是真的嗎！」

亞衣、麻衣、美衣的表情染上驚愕之色。士道見狀，微笑著繼續說道：

「那朵花就代表著我。雖然是一朵只要季節變換——不對，就算只是人手心的體溫也會輕易融化的虛幻花朵，但就算是一瞬間也好，如果它的身影能烙印在妳們的眼裡、心裡，我也就了無遺憾了。」

士道豎起一根手指，「呼」地吹了一口氣。於是，一片片冰之花瓣從那裡一一飛舞到空中。

「——我十分清楚妳們根本不把我放在眼裡，我無法強迫妳們成為我的人。可是，能否允許我在內心深處繼續愛慕著妳們三人呢？」

士道如此說完伸出手後，亞衣、麻衣、美衣原本紅通通的臉頰變得更加通紅，像是感到頭腦一片混亂似的大聲說道：

「嗚……嗚哇啊啊啊啊啊！」

「你……你這個混蛋，給我記住了！」

「雖然我聽不太懂你在說什麼，但是噁心死了！」

然後，三人手拿著冰花，就這麼跑掉了。

士道並沒有追上去，只是神情溫柔地露出微笑。

「呵呵……羞澀的妳們也很可愛呢。」

就在這個時候，士道猛然抖了一下肩膀。

「——我在說些什麼啊？」

士道不由自主地按住額頭。在面對亞衣、麻衣、美衣的瞬間，不知為何內心湧起一股非對她們甜言蜜語不可的感覺。

不過，士道剛才極其自然地使出精靈之力。只憑指尖就能操縱水和冷氣的能力，這無庸置疑是〈隱居者〉(Hermit)四糸乃的靈力。

「這到底是怎麼回事？我究竟……」

不過，就在士道露出苦澀表情的瞬間——

「哎呀，五河同學？你在這種地方做什麼呢？」

前方傳來不同於剛才的女性聲音，士道的意識再次被拉向前方。

往聲音來源看去，發現有一名戴著眼鏡的嬌小女性站在那裡。她是士道的級任導師岡峰珠惠老師，通稱小珠老師。

一看見她的身影，士道便神情悲痛地跪在她的面前。

「老師，請妳原諒我！」

「咦！你……你這是怎麼了呀？」

事發突然，小珠露出驚訝的表情。士道依舊維持宛如服侍王女的騎士般的姿態抬起頭，目不轉睛地凝視著小珠的眼睛繼續說道：

「我……當時很害怕。明明曾經說過要和老師結婚，但一到關鍵時刻卻又擔心自己這種人是否有辦法帶給老師幸福。」

「五……五河同學……」

「不過，我終於下定決心了。我想讓老師在三十歲之前穿上婚紗！」

「呀哇！」

士道熱情地說完，小珠像是心臟被射穿似的按住胸口，扭動身軀。

「你……你是說真的嗎？五河同學……！我……我再三個月……就滿三十嘍！」

「即使沒有辦法入籍，應該也能舉辦婚禮！趁現在在教堂舉辦婚禮，等入籍之後，再舉辦日式傳統婚禮！」

「這是怎樣，太美妙了！」

小珠老師雙手捧住臉頰，大叫出聲。士道趁勢從附近的樹叢中拿起一顆適當大小的石頭，遞給小珠。

「老師——不對，珠惠，請妳收下。」

「咦？收下這個嗎……？這只是一顆石頭吧。」

小珠一臉疑惑地探頭看士道手中的石頭。

士道揚起嘴角，用兩手覆蓋住石頭，吹了一口氣。

接著當士道打開雙手後，前一刻只不過是路旁的石頭，搖身一變成了一只美麗的戒指盒。

「呀！這是……」

小珠將眼睛瞪得圓滾滾的。士道慢慢地打開戒指盒，展示出放在裡頭的銀色訂婚戒。

同時像在呼喚周圍的行人般大聲吶喊：

【妳看，大家都在祝福珠惠妳呢。對吧，各位！】

「……！」

於是，到剛才為止還正常地走在路上的陌生人一起抖了一下肩膀，然後面向士道和小珠的方向，開始「啪啪啪啪」地拍起手來。

「恭喜你們！」

「兩位很登對喔！」

「唔喔喔！要幸福喔喔喔！」

「咦？咦？」

事出突然，小珠的臉上浮現不知所措的表情，東張西望地環顧四周。

士道望著小珠的模樣，高高舉起一隻手，然後彈了一個響指。於是，士道的頭上瞬間出現宛如一面鏡子般閃閃發亮的東西，在周圍釋放出光芒。

下一瞬間，路人們手上拿著的皮包或雨傘一個接一個變成小號或小提琴等樂器——開始演奏動聽的樂曲。

是孟德爾頌作曲的〈結婚進行曲〉，每個人想必都曾經耳聞過的女生嚮往的曲子。

一開始嚇傻了眼的小珠大概是以為士道僱用了快閃族，隨後便露出一臉陶醉的神情。

「珠惠——妳願意嫁給我嗎？」

「……我願意！」

小珠臉頰泛紅點了點頭後，像是想起了什麼事情般開始翻找手上拿著的皮包。

「啊……我怎麼會犯下這種錯誤，竟然忘記帶結婚登記書……！你……你等我一下喔，五河同——不對，老、公！」

小珠如此說完，連戒指都忘了拿便跑著離開。

◇

「呵……說什麼『日本的冬天沒什麼大不了的』，不是冷得要命嗎？」

DEM Industry公司第二執行部部長艾蓮．梅瑟斯微微顫抖著身體，走在天宮市的街道上。

這名少女的特徵是擁有一頭淺金色頭髮以及白皙的肌膚。現在她的身上穿著一件毛絨絨的大衣，頭上戴著一頂看起來十分溫暖的俄羅斯帽。

因為在祖國英國時，一名部下說過：「日本的冬天沒什麼大不了的啦～～」所以她才疏忽大意。但仔細回想起來，當時說出那句話的部下來自阿拉斯加。那名部下或許沒有過錯，但艾蓮已經決定回到祖國時，要為他設計一套特別的訓練課程。

艾蓮是自認和公認的最強巫師。即使沒有裝備接線套裝也能使用顯現裝置，如此一來，她就能輕易地在身體周圍展開隨意領域來調節溫度。

不過，基本上在任務之外使用顯現裝置絕對不是值得讚許的事，重點是，艾蓮身為最強巫師的自尊心不允許她因為這種事情使用顯現裝置。

沒錯。尤其壞就壞在這裡是東京。如果是日本當中的北海道或東北地區還能找藉口，但這裡是關東地區當中位於南部的城市，按照柯本氣候分類法，還是指定為溫暖濕潤的氣候。最強巫師艾蓮．M．梅瑟斯可不能在這種地方敗給寒冷。

「哈……哈啾！」

才覺得鼻子癢癢的，就立刻打出聲音高亢的噴嚏。

「唔唔……」

艾蓮摀住嘴巴，環顧四周確認沒有人聽見她古怪的生理現象。

所幸似乎沒有路人朝艾蓮的方向看過來。她鬆了一口氣，再次邁開步伐。

「……果然還是應該去公司內設的咖啡廳就好了嗎？」

然後輕聲呢喃了一句。

沒錯。提早結束午後工作的艾蓮正前往市內的咖啡廳，想要享受下午茶時光兼休息。

她並不是不滿意職員專用的咖啡廳，只是……DEM的咖啡廳沒有賣艾蓮喜愛的草莓蛋糕。

艾蓮不經意地抬起頭仰望天空。被厚厚的雲層覆蓋住的天空，宛如層層疊疊的雪飄浮在上頭似的。

「……照這個樣子來看，這個月之內似乎會下起真正的雪呢。」

艾蓮微微皺起眉頭，如此思忖。

倘若積起雪來，從分公司到咖啡廳的路途想必會更加嚴苛吧。在事情演變成這種地步之前，或許建議公司內咖啡廳的菜單要追加草莓蛋糕比較好。

就在艾蓮如此思索著走在路上的時候，突然「咚」的一聲，有股輕微衝擊感侵襲她的身體。看來因為她走路不看路，撞到了迎面而來的路人。

「不好意思，我一個不小心——」

艾蓮將視線移回前方，正想這麼說的時候，卻止住了話語。

理由很單純。因為眼前的人物十分眼熟。

「……五河士道。」

艾蓮呼喚那名少年的名字後，露出銳利的視線。

站在她面前的，正是和精靈一樣同為她其中一名作戰對象的高中生，五河士道。

不知為何，他一臉精神恍惚的模樣，在這種寒冷的天氣竟然沒有穿大衣。光是看著他，連自己也覺得有點冷了起來。

「嗯……妳是……」

士道聽見艾蓮的聲音而產生反應，望向她。於是那一瞬間，艾蓮感覺士道的表情起了些許的變化。該說是眼睛突然一亮，還是該說原本處於休眠狀態的機器轉換成啟動狀態呢？總之，士道前一刻呆愣的模樣已不復見，目不轉睛地凝視著艾蓮。

「有……有什麼事嗎？」

艾蓮警戒般說道，向後退了一步。

不過，士道不讓艾蓮逃跑似的緊握住她的手。

然後眼睛濕潤，開啟雙脣呢喃：

「艾蓮——我好想妳。」

「啥……？」

聽見出乎意料的話，艾蓮發出錯愕的聲音。

「妳是ＤＥＭ的巫師，和我們是水火不容的存在，這我明白。我也有幾次差點死在妳手上。

可是，沒有規定敵人就不能互相理解吧。」
「……你到底在說些什麼啊？」
即使艾蓮露出狐疑的眼神回答，士道依然熱情地繼續發言。
「從最後一次見到妳的那天以來，我滿腦子都想著妳。求求妳，艾蓮，跟我一起來〈拉塔托斯克〉吧。」
他凝視著艾蓮的眼眸如此說道。
艾蓮雖然一時之間搞不清楚狀況，呆愣在原地，但她隨後便察覺到這恐怕是士道為了將艾蓮這名最強巫師從DEM拉攏到〈拉塔托斯克〉所展現出的蹩腳演技吧。
「真是無聊的笑話，放開我。」
艾蓮唾棄似的說完，企圖甩開士道的手。
然而，士道卻更使勁施力，拉過艾蓮的手，另一隻手則摟住艾蓮的腰。路人們興致勃勃地將視線投注在他們兩人身上。
「什麼……！」
艾蓮萬萬沒想到士道會做到這種地步。她的臉上不禁露出驚訝的神情。
「我沒有在開玩笑。我——對妳……」
「……你這惡作劇未免有些過了頭吧？」

艾蓮打斷士道，輕輕皺起眉頭，集中意識。

接著，接收到艾蓮的意念，暗藏在懷裡的顯現裝置啟動，在艾蓮周圍半徑兩公尺左右展開小範圍的隨意領域。

隨意領域，顧名思義就是指透過使用者的意念，能自在地改變性質的空間。艾蓮「呼」地吐了一口氣，在腦海裡描繪出壓制住士道身體的想像畫面。

剎那間，隨意領域中的重力增加，士道的身體承受沉重的壓力往下沉。

然而——

「什麼……」

艾蓮慌亂地瞪大了雙眼。

理由很單純。因為理應完全處於艾蓮的隨意領域當中的士道和剛才沒有兩樣，依舊抱著艾蓮，露出深情款款的眼神凝視著她。

「怎麼可能……」

艾蓮一瞬間還懷疑是顯現裝置故障了。然而——並非如此。的確有展開隨意領域的觸感，重點在於，士道身上穿著的衣服袖子和衣襬都像是被強烈的力量向下拉扯般微微抖動。士道腳踏的地面也呈現出細微的裂痕，發出龜裂的聲音。

沒錯。士道受到艾蓮隨意領域的干涉，卻面不改色地繼續緊抱住她的身體。

這事態明顯不正常。

艾蓮當然有手下留情，她的隨意領域精密度是世界第一。若是拿出真本事對付一個人類，對方的身體勢必會化為一瞬間爆裂的血袋。

但是就算如此，艾蓮現在所展開的隨意領域也不是一般高中男生能夠活動的程度。事實上，以前艾蓮潛入五河家時也曾施展和這相同程度的束縛，令士道不得動彈。

既然如此，這究竟是——

就在艾蓮思考著這種事情的時候，士道抱著艾蓮的腰，踏著沉重的腳步走了幾步後，將艾蓮逼到牆邊，抬起她的下巴。

「艾蓮……請妳明白我的心意。我愛妳。」

「……！」

艾蓮皺起臉，增加隨意領域的強度，強化體能，扭轉身體甩開士道的手。

「哎呀。」

「哼——！」

然後順勢用手掌擊打士道的頭。

那是用隨意領域強化的一擊。別說是避開，憑常人的反射神經，甚至很難反應過來自己受到了攻擊。

不過，士道卻輕易地避開那一擊，再次朝艾蓮伸出手。

「別小看我了……！」

艾蓮用手掌掌底揮開士道的手，朝他的心窩踹了一腳。然而，士道在千鈞一髮之際扭過身，令艾蓮的攻擊落空。

士道避開、防禦、化解艾蓮的攻擊，而艾蓮則是拒絕士道的接近。在數秒之間展開風馳電掣般的攻防戰。目睹宛如動作電影其中一幕的光景，路人們紛紛停住腳步，看傻了眼。

「唔──」

雖說沒有裝備接線套裝，但難以想像有人能徒手和展開隨意領域的艾蓮對打。艾蓮憤恨不平地緊咬牙根，抓起戴在頭上的俄羅斯帽，猛力扔向士道的臉。

「──喔。」

當然，士道向後退了一步，輕而易舉地躲開。

不過，他的行動在艾蓮的預料之中。艾蓮的目的在於暫時遮避士道的視野。

「喝！」

艾蓮從士道的死角使出一記猛烈的迴旋踢。

完美的時間點，隨後應該會傳來士道痛苦的哀號聲。

然而──

「咦……？」

艾蓮不禁將眼睛瞪得老大。因為就在艾蓮以為她的迴旋踢擊中士道的瞬間，士道的身體便發出光芒，消失得無影無蹤。

下一瞬間，士道卻突然出現在因為踢空而失去平衡的艾蓮身邊。

「什麼——」

「別太刁難我嘛，艾蓮。」

士道發出富有磁性的聲音如此說道，將不知何時拿在手上的俄羅斯帽再次戴回艾蓮的頭上，將手繞過艾蓮的腳，一把抬起她。也就是所謂的公主抱。

「呀！」

由於事發突然，艾蓮發出高八度的尖叫聲。面對這樣的反應，士道也只是露出慈愛般的溫柔微笑。

「你……你這是在做什麼！」

艾蓮露出銳利的眼神，冷靜下來後便操作隨意領域，試圖推開士道。不過，狀況還是跟剛才一樣，只有士道的制服衣襬飄動，他的身體卻不動如山。

如果有裝備接線套裝，就能展開強度與現在無可比擬的隨意領域。不過在眾人環視之下，不方便使用緊急著裝的隨身裝置。但是，為了打破這個現狀——

當艾蓮正猶豫不決的時候，士道嘴角綻放微笑。

「——講不聽的孩子，要懲罰。」

他如此說道，接著將自己的脣瓣緩緩湊近艾蓮的脣瓣。

「什麼……！」

艾蓮察覺到士道的意圖，屏住了呼吸。

「咦！那個，等一下……喂！」

她慌亂地游移雙眼，不停揮舞著手腳想掙脫士道的懷抱。不過，士道的力量太強大，導致艾蓮掙脫失敗。即使想提高隨意領域的強度，也因為頭腦一片混亂而無法順利集中精神。

「住……住手，我——」

「——艾蓮。」

艾蓮在能感受到士道的氣息溫度的距離下聽見士道呼喚自己的名字，顫抖著肩膀，緊緊閉上雙眼。

於是下一瞬間，艾蓮的額頭感受到嘴脣輕碰的溫柔觸感。

「……咦？」

艾蓮戰戰兢兢地睜開眼睛的同時，被慢慢放到地上。士道揮了揮手說：

「今天就到此為止吧。我可沒有強迫女生就範的興趣。再見啦，我可愛的艾蓮。」

士道留下這句話，便輕快地離去。

「…………」

艾蓮怔怔地癱坐在地，但一會兒後又立刻回過神來，羞紅了臉頰。

接著用大衣的袖子用力擦拭額頭，緊握住拳頭發出憤恨不平的聲音：

「五河……士道……這份屈辱……我絕不會忘記……！」

艾蓮帶著好似哭腫般的雙眼如此說完便快步走回公司，好逃離路人的視線。

◇

「士道！士道！你在哪裡！」

十香和其他精靈一起大聲呼喊，東奔西跑地尋找士道。

雖然走在四周的居民們不知道發生什麼事，朝她們投入疑惑的視線，但十香一點兒也不在意，一個勁兒地不斷大聲呼喊。

開始搜索後已經過了將近一個小時。起初大家在〈拉塔托斯克〉的地下設施到處尋找，但立刻就發現士道逃往外界的痕跡，於是十香等人也來到地面上進行周邊的搜索。

「唔……士道拖著那種身體，到底跑到哪裡去了啊？」

「該不會……昏倒在某個地方了吧……？」

十香說完，四糸乃便一臉不安地將眉頭皺成八字形回答。四糸乃說的沒錯，依士道現在的身體狀況，難保不會昏倒在某處。十香一臉擔憂地望向琴里。

琴里點了點頭，像是在表示她明白。

「我姑且有將這種可能性納入考量，已經請人也搜索附近的醫院了。如果有疑似士道的急診病人被送到醫院，令音應該會通知我們。」

就在琴里這麼說的瞬間，耳麥湊巧傳來通訊聲。

『……各位，妳們聽得到嗎？』

令音睡意濃厚的聲音震動琴里的右耳鼓膜。所有人壓住耳麥，避免漏聽情報。

「令音，怎麼了？」

『……嗯，找到小士了。』

「！真的嗎！他在哪裡？果然是昏倒被送往某家醫院了嗎……！」

琴里大聲吶喊，令音便像是輕聲呻吟似的說：

『……不是，他似乎沒有昏倒。甚至還——』

「……甚至還怎麼樣？」

聽見令音吞吞吐吐的話語，七罪壓著耳麥露出納悶的表情。

『……妳們親眼瞧瞧比較快吧。總之先趕往現場，在三丁目的大馬路上。』

令音留下這句話便切斷了通訊。七罪一臉不滿地嘟起嘴脣。

「搞……搞什麼啊，真令人好奇……」

「不過，知道他人在哪裡是好消息。我們馬上走吧！」

聽見這句話，所有人點了點頭。十香朝地面一蹬，邁步奔跑。

「好，走嘍！去士道的身邊！」

不過，後方立刻傳來琴里的聲音。

「十香，妳搞錯方向了！三丁目在這邊！」

「唔！喔喔，是這樣喔！」

十香高聲吶喊後並沒有極力減速，而是踩著舞步般「噠噠」兩聲轉過身，靈巧地回轉後追上其他人。

和露出苦笑的四糸乃和無奈地聳肩的琴里一行人同道而行——不久，十香等人來到開闊的大馬路上。

「三丁目的大馬路，應該是這一帶沒錯啊……」

「達令人在哪裡呢～～」

「……！大……大家，妳們看！」

正當所有人東張西望地環顧四周時，四糸乃突然高聲吶喊，指向大馬路深處。

精靈們同時朝那個方向投注視線，接著一起屏住呼吸。

不過那也是理所當然的事。因為只有那一帶提早降雪，染成一片白色。

不對，不僅如此，甚至還有閃閃發光的冰粒摻雜在雪中，從虛空飛舞而下，旋即在寬廣的道路旁形成好幾座美麗的冰之燭臺。

接著，那些燭臺從道路深處規律地一一點燃火苗，描繪出夢幻的華麗場面。

「這……這是……」

正當十香對這不可思議的光景感到驚愕時，有一名少年悠然地闊步走在那條路的正中央。

一身眼熟的來禪高中制服，以及中性容貌。

——不會有錯，他正是十香等人正在尋找的五河士道。他不像先前那樣踩著踉蹌的步伐，臉色看起來也不差。

「士……士道……？」

十香一臉困惑地皺起眉頭。於是，周圍的路人們配合士道的出場，開始歡聲鼓掌，宛如在迎接士道一樣。

「唔，有點不是滋味呢。這個登場方式是怎樣，有點帥氣耶。」

「指摘。耶俱矢，夕弦覺得問題不在這裡。」

夕弦對一臉不甘地咬牙切齒的耶俱矢說了。然而在這沒有緊張感的對話中，琴里害怕地顫抖著手。

「這……該不會是四糸乃的力量、我的力量——以及使用美九的力量控制周遭的人吧？」

十香不明白士道現在為何會出現這種情形。但是從琴里的反應看來，可以想像得出她並不樂見目前的事態。十香衝到士道的面前，大聲說道：

「士道！」

「——嗯？」

士道這才像是終於察覺到十香等人的存在般面向她們，慢慢走近。

「喔喔，是十香啊，還有大家。怎麼啦，那麼慌慌張張的？」

士道以一如往常的溫柔語氣說了。至少應該沒有多少人會相信這名少年在白天的時候身體不舒服而昏倒吧。

不過，令音和琴里已經向十香等人說明過士道的狀況，所以十香她們都明白他現在並非處於正常狀態。更重要的是，展開在眼前的異樣光景便是士道現在不尋常的最好證明。

追在十香後頭走過來的琴里發出充滿焦躁的聲音：

「還敢問咧！竟然在這種狀態下跑出病房，你到底在想什麼啊！」

「喔喔……抱歉啊，害妳們擔心了。不過，我已經不要緊了。身體方面完全沒問題，不僅如此，還比之前充滿了力量。」

士道說著豎起一根手指，朝指尖吹了一口氣。於是，指尖燃起火苗，捲起漩渦，然後熄滅。

「士道，你……」

「哈哈，很厲害吧。我現在還能做出這種事情呢。這下子，我也能和大家一起奮戰了。只有妳們遭遇危險──」

「士道！」

聽見琴里好似哀號的呼喚聲，士道止住話語。

「拜託你，冷靜下來聽我說。現在，你和我們之間連結的路徑變得狹窄，處於十分危險的狀態。不盡早處理的話就會造成無法挽回的事態。所以，拜託你聽我說。」

「危險的狀態？妳所謂的處理，究竟是要怎麼做？」

「這個嘛……」

「就是要和我們全部的人來個熱情的親吻喲～～」

美九打斷琴里的話，扭腰擺臀地說了。於是，士道瞬間瞪大雙眼，發出「呵呵」兩聲浮現狂妄的笑容。

「真的嗎？那不是琴里為了和我接吻而說出的謊話吧？」

士道如此說道，並且以魅惑的手勢抬起琴里的下巴。琴里滿臉通紅。

「什麼……！你在開什麼玩笑啊，現在不是說這種話的時候——」

「啊……」

就在這個時候，耶俱矢、夕弦、美九、七罪、折紙五人像是恍然大悟似的點了點頭。

「妳們那句『啊……』是什麼意思啊！」

琴里如此大喊，士道便一臉愉悅地笑著轉過身。

「我說笑的啦。我可愛的妹妹怎麼可能會為了滿足自己的私欲而說謊呢。」

「……我說你啊……！」

琴里紅著臉皺起眉頭。士道發出「唔」的一聲，將手抵在下巴。

「不過，失去這難得到手的力量實在非常可惜。況且，跟大家接吻要是流於形式，未免也太浪費了吧。機會難得，既然要吻，我想留下美好的回憶呢。」

士道說著眨了眨眼。看見這陌生的情景，十香的臉頰滴下汗水。

「……士道，你身體果然還是不舒服吧。」

「怎麼會呢，親愛的十香，我狀況好得很。」

「唔……唔……」

十香還是覺得士道有些不對勁。她苦著一張臉，不知該如何是好。

然而，士道卻一點兒也不在意地繼續說道：

「所以，妳們覺得這樣如何？今晚十二點整，由我去親吻大家。」

「十二點……？」

「——十二點魔法會解除，不是一般的觀念嗎？」

「…………」

面對若無其事說出這種難為情的話語的士道，琴里流下汗水。不過，士道卻絲毫不在意地繼續說：

「但是，我有一個條件。」

士道猛然豎起他的食指。

然後——說出他的提議：

「我過去為了封印大家的靈力，做了許多讓妳們迷戀上我的事情。——那麼，各位也讓我迷戀上妳們吧。」

聽見士道說的話，精靈們全都瞪大了雙眼。

「什麼……」

「唔……？」

「讓你迷戀上我們……嗎？」

看見大家的反應，士道點了點頭表示：「沒錯。」

「不過正確來說，我其實已經非常喜歡妳們了，用『讓我迷戀上妳們』這個表達方式，可能有些不太恰當呢──」

士道聳了聳肩露出苦笑，繼續說道：

「無論用什麼方法都沒關係，讓我怦然心動吧，引發我想親吻妳們的欲望。」

士道如此說完，豎起右手的食指和大拇指，發出「砰！」的聲音，做出射擊十香等人心臟的動作。

精靈們聽見士道的提議，呆愣了一會兒後──琴里立刻語帶怒氣地說：

「你剛才沒聽我說嗎！這件事迫在眉睫！沒有閒情逸致搞這些了！」

「哈哈，有什麼關係嘛，不過是這點小事。人生苦短，及時行樂吧。」

「開……什麼……玩笑啊！」

琴里大喊，迅速張開雙手。

「耶俱矢！夕弦！壓住士道！既然這樣，就實施強硬的手段！」

「呵呵，竟敢使喚本宮，汝好大的膽子啊，琴里。不過，在此種局面下選擇吾疾風八舞，算汝好眼光！」

「壓制。士道，你覺悟吧。」

在琴里下達指示的同時，耶俱矢和夕弦朝地面一蹬，分別扣住士道的雙手。士道呈現宛如受到磔刑的姿勢，一臉驚訝地瞪大雙眼。

「喂、喂，這樣沒有違反〈拉塔托斯克〉的做法嗎？」

「少囉嗦！誰教你講不聽啊！再說——」

琴里拖著沉重的腳步走向士道，有些自暴自棄地吶喊：

「你喜歡我吧！那就沒問題了啊！」

聽見琴里說的話，士道目瞪口呆了一會兒後露出微笑。

「哈哈哈……原來如此。那是當然啊，我愛妳，琴里。」

「……！」

琴里羞紅了臉。或許是看到了這一幕，壓制士道的耶俱矢和夕弦露出苦笑。

「自己先提起的，還害羞……」

「臉紅。看得夕弦也害羞了起來。」

「妳……妳們很煩耶！總之，我先獻吻了！」

琴里如此說完停下腳步，雙手捧住士道的臉頰。接著，神情緊張地將嘴唇緩緩湊近士道。

「哦……」

士道露出惡作劇般的微笑，下一瞬間，他的身體開始發出淡淡的光芒。

「什麼——」

「——就算這樣，妳也親得下去嗎？」

光芒消失後發出的聲音不是士道原本的聲音。

不對，正確來說，是有些不同。聽起來很耳熟。

「妳……妳是……」

「——士織。」

折紙輕聲呼喚出現在那裡的「少女」的名字。

沒錯。方才為止士道所在的地方出現了一名少女。雖然五官和士道一模一樣，卻擁有一頭長髮，身上則是穿著女生制服。

她的名字是五河士織，是士道曾經男扮女裝時的模樣。

不對——不僅如此，看在十香的眼裡，她完全不認為站在那裡的士織和以前她所見到的士織是同一人物。

該怎麼說呢，眼前的少女散發出來的氣息跟以前的士織截然不同。身體曲線圓潤，裙子底下露出的大腿看起來也莫名柔軟——

正當十香思考著這種事的時候，琴里的表情染上戰慄之色。

「一瞬間就換上了女裝……不對，這個力量，是七罪的變身能力……！」

「回答得真漂亮。不過，妳只答對了一半。」

「……！難……難不成──」

琴里赫然抖了一下肩膀，伸出右手一把抓住士織的胸部。

「呀！」

「噫……！」

士織發出莫名性感的尖叫聲。琴里屏住呼吸，往後退了一步。

「這……這個觸感是……」

「嗯。不是假的。」

「呀！」

琴里全身顫抖著發出驚聲尖叫。士織捧腹大笑。

「呵呵，是琴里不好，誰教妳想要強吻我。」

「但……但你也用不著……！」

「好了，妳打算怎麼辦？直接親下去也能擴大路徑吧？」

士織說完露出狂妄的微笑。琴里發出「唔……」的聲音，吞吞吐吐了一下子後，立刻緊握拳頭大聲說道：

「少……少瞧不起——」
「呀！」
然而，琴里話說到一半，背後傳來高亢嬌媚的聲音。是美九。
「咦！咦！難不成真的變成女生了？辦得到這種事嗎！人家可以！你保持士織的樣子就行了！人家現在就來親吻你！」
「啊哈哈……對喔，美九也在呢。我是不是用錯手段了呢？」
士織苦笑著搔了搔頭。於是美九奮力地搖搖頭。
「才不會！你幹得太好了！人……人家要享用了！」
美九如此大喊，以宛如要跳下游泳池般的動作衝向士織。
不過，士織揚起嘴角，彈了一個響指。
那一瞬間，士織的手中出現宛如一面閃閃發光的鏡子般的東西，朝四周釋放出耀眼光芒。
「咦——？」
「唔……！」
面對突如其來的閃光，十香不禁遮住雙眼。
「怎……怎麼了？發生了什麼事……？」
數秒後，十香眨了眨幾次眼睛，環顧四周。

然後——因為擴展在眼前的異樣光景而瞪大了雙眼。

「什麼！」

不過，那也是無可厚非的事。因為——聚集在現場的精靈們全都變成了士織的模樣。

「有……有好多士織！」

「驚愕。這是怎麼回事？」

「咦！連……連我也……！」

大家似乎都察覺到這個異常事態了，每個人都發出驚慌失措的聲音。不過，也有一名精靈發出精力充沛的聲音大叫「呀啊啊啊啊啊！簡直是天堂！」就是了。

十香也俯視自己的模樣，屏住了呼吸。雖然無法確認長相，但她的衣服和頭髮全都變成和士織一樣。

而且，不僅如此。周圍響起「咚咚咚咚……」有如地鳴的聲音後，隨即有一大群士織朝十香等人奔馳而來。

「喂！」

「大家！」

「也讓我們加入吧！」

「什麼……！」

看見出乎意料的光景，十香抖了一下。看來位於周圍的路人也都被變成了士織的模樣。而且，大概是受到「聲音」的操控而聽從士織的意念，一群人聚集在同一個地方，掩蓋住真正士織的所在處。

「唔……讓……讓開！」

雖說使用七罪的能力，但仔細比較的話，十香還是有自信能夠分辨出真正的士織。不過數量太多，再加上這種擠沙丁魚的狀態，難免也力不從心。她已經在不知道誰是誰的狀態下，失去了真正士織的蹤跡。

「大……大家，妳們還好嗎？」

「是……是的……還好……」

「回答。不過，真正的士織究竟在哪裡——」

就在（疑似）夕弦（的士織）這麼說的瞬間——

周圍颳起風，一道人影從無數的士織當中飛向上空。

「那是……！」

「士道！」

十香捕捉到那道身影，高聲吶喊。

沒錯。乘著「風」飛舞在空中的，是恢復男生姿態的士道。

「哈哈，抱歉啦，各位。不過，我說讓我怦然心跳就接吻的提議不是說假的。」

士道揚起嘴角，露出邪佞的笑容。

「──來吧，試著讓我迷戀上妳們吧。」

接著留下這句話──士道便飛向天空，消失了蹤影。

第三章　度假時間

「……」

艾蓮一副心煩氣躁的模樣，氣勢洶洶地走在DEM Industry臨時辦公大樓的走廊上。

她癟著一張嘴、眉心擠出皺紋，感覺連腳步聲也變得粗暴。對經常提醒自己最強之人的一舉一動都必須優雅的艾蓮來說，這是十分難得一見的事態。

不過，這也是理所當然的事。因為她雖然沒有穿上接線套裝，卻被理應是區區一介人類的五河士道玩弄在股掌之間。對自尊心強的艾蓮來說，是無比的屈辱。

「……唔！」

越是提醒自己不要想，那名少年可恨的容貌就越是浮現在腦海之中。艾蓮緊咬牙根，「叩！」的一聲握拳捶打走廊的牆壁。

「啊嗚……」

比想像中的還要痛。艾蓮淚眼汪汪地當場蹲下，搓揉著手。

但現在不是做這種事情的時候。沒錯，因為一回到公司，艾蓮便接到威斯考特傳喚自己的通知。艾蓮轉換念頭後，搭電梯朝目的地房間前進，敲了敲門。

「──艾克，是我。」

「喔喔，進來吧。」

「打擾了。」

艾蓮簡短說完便打開房門。威斯考特一如往常悠然坐在椅子上等待艾蓮。

「抱歉啊，突然叫妳過來。」

「不會。是『材料A』那件事發生了什麼問題嗎？」

在這個時間點有事找艾蓮，多半是為了這件事。艾蓮維持原本的姿勢如此說道。於是，威斯考特誇張地聳了聳肩。

「對，也是為了這件事才找妳過來。運輸機在啟航前一刻，似乎遭到〈夢魘〉的攻擊了。」

「遭到〈夢魘〉攻擊……？」

聽見這個名字，艾蓮皺起了眉頭。〈夢魘〉時崎狂三。有別於其他精靈，並未接受〈拉塔托斯克〉的庇護，在暗中活躍的神祕精靈。對DEM公司而言，也是因緣匪淺的對象，先前在DEM日本分公司的戰鬥中，這名精靈對他們造成了莫大的損害。

「〈夢魘〉究竟是為什麼……會知道『材料A』的真實身分呢？」

「不知道呢。不過，如果事實真是如此，應該也是有想要『知道』的事情吧。」

威斯考特覺得十分有意思似的嗤嗤竊笑。

要是「材料A」發生萬一，可不是什麼好笑的事，但他的表情看來並非在逞強或虛張聲勢。

「所以，運輸機呢？」

「多虧了護衛的巫師，似乎逃過一劫了。」

聽見這句話，艾蓮微微瞇起雙眼。

「——是『亞德普斯2號』嗎？」

「是啊。才剛上任就立下了大功呢。『材料A』應該今天晚上就會送達這裡。」

「是這樣嗎？那就好。」

艾蓮嘴上這麼說，頭腦卻浮現疑問。若是因為「材料A」被〈夢魘〉搶走，要她去搶回來，她倒還能理解，但既然「材料A」已平安無事地朝這裡出發，應該就沒有艾蓮出場的份才對。

不過，艾蓮在此時想起威斯考特剛才說過的話。

「——您剛才是不是說，『也是』為了這件事才叫我過來？」

「是啊。我之所以會叫妳過來，是為了另一件事。」

威斯考特點點頭，繼續說道：

「在妳剛才外出的期間，市內偵測到奇特的靈波反應。我本來以為出現了新的精靈，但情況實在不對勁。簡直就像是硬把複數的靈波濃縮成一個靈波的反應。」

「在我外出的期間——啊！」

艾蓮想到了某件事，赫然睜大雙眼。

沒錯。艾蓮遇見過一名少年，他擁有非比尋常的力量，只能認為他施展的是靈力……！

「所以，我想叫妳——」

「——請交給我吧。」

艾蓮搶在威斯考特把話說完之前，緊貼著辦公桌如此說道。

「妳倒是幹勁十足呢。發生什麼事情了嗎？」

「沒這回事，我跟平常沒什麼兩樣。我一定會將目標的首級帶回來這裡。」

「不，如果可以，希望妳活捉回來當作樣本。」

威斯考特難得一臉驚訝地雙眼圓睜，如此說道。

◇

士道逃跑之後，十香等人聚集在位於〈拉塔托斯克〉地下設施一角的某個簡報室中。所有人圍著橢圓形桌子坐下，露出苦惱的表情。

「唔……到底該怎麼辦才好呢？」

十香拄著手肘如此說道，八舞姊妹便點點頭表示同意。

「話說，那真的是士道嗎？言行舉止似乎有點奇怪吶。」

「首肯。變得超級像花花公子。」

剛才的士道確實跟平常不一樣，莫名地充滿自信。若是平常的士道，勢必不會附帶奇怪的條件，而會直接答應十香她們的請求。況且更重要的是，感覺若是平常的士道，就算得到了七罪的能力，也不會想要變身成真正的女孩子。

坐在椅子上的令音像是要回答這個疑問般大聲說道：

「……那無庸置疑是小士喔。只是，因為受到發高燒和靈力的影響，似乎有些缺乏自制力，處於情緒高亢的狀態。」

「咦！難道達令想要成為女孩子嗎？」

美九扭動著身軀，眼睛閃閃發光。於是，令音搔了搔臉頰。

「……不知道耶。但我覺得那應該是為了逃離琴里妳們而使用的手段。」

「無論如何，都不會改變這個棘手的狀態。唔……那個笨蛋哥哥，竟然得意忘形。他不知道自己處於多麼危險的狀態嗎……！」

琴里心浮氣躁地咬碎加倍佳棒棒糖，再從腰間的糖果夾拿出第二根棒棒糖扔進嘴裡。

「發牢騷也無濟於事。」

輕聲如此說道的人是折紙。她以冷靜的語調繼續說：

「士道說只要讓他怦然心動，就會在今晚十二點接受我們的吻。既然如此，我們就只能這麼做了。最晚要在什麼時候完成？」

「……我看看。從數值看來，如果能在今晚十二點跟他接吻，時間上完全來得及。但問題在於——妳們所有人是否有辦法在那之前讓小士怦然心動。」

聽見令音說的話，所有人望向牆壁上的時鐘。現在的時刻是下午六點。也就是說，她們只剩下六小時左右的時間能夠執行。

總共有八名精靈。單純計算的話，一人四十五分鐘，而且這四十五分鐘還包含準備以及和士道接觸前的時間。一個人平均分配到的時間將會少之又少吧。

「……！」

十香嚥下一口口水。她自認並未小看這次的事態，不過一旦像這樣指明剩下的時間，便發現自己不由得心跳加速了起來。

「總之，必須讓士道怦然心動……對吧。」

坐在十香旁邊的四糸乃神情有些緊張地點點頭。七罪交抱雙臂，發出低吟聲回答：

「……可是，到底該怎麼做呢？」

「這個嘛……」

「討厭啦，妳打算讓四糸乃說些什麼啊？七罪這個大色鬼。」

「什麼！我……我又沒那個意思……」

七罪慌慌張張地回答靈活地用雙手掩住臉龐的「四糸奈」。聽見七罪和「四糸奈」一來一往的對話，四糸乃露出苦笑。

「……關於這件事，我有個提議。」

令音說著豎起食指，「咚咚」地敲打自己的右耳，彷彿在示意所有人所戴著的耳麥。

或許是從這個動作察覺到令音的意圖，只見耶俱矢和夕弦同時拍了拍手。

「原來如此！是吾等在或美島使用過的方法吧！」

「理解。這是最適合的方法。」

「唔，什麼意思啊？」

十香歪了頭詢問後，令音便補充說明：

「……也就是說，我們會透過耳麥給予協助。雖然〈佛拉克西納斯〉正在維修，但AI沒有損壞，應該能夠從這裡下達指示。雖然說是要讓小士怦然心動，但他對妳們的好感度原本就非常高。簡單來說，只要在限制時間內讓小士小鹿亂撞，應該就能獲得親吻他的資格。」

「唔……意思是，令音你們會幫助我們嗎？」

「……對。同時也會監視小士的心跳率和精神狀態。我們就設個基準，只要小士的興奮數值超過九十，就定義為他『小鹿亂撞』了。在這種情況下，我會透過耳麥響起過關的聲音。」

「這樣啊，可以做到這種事情嗎？那還真是打了一劑強心針呢～～」

美九發出雀躍的聲音。「另外——」令音輕輕點了點頭說：

「……有一件事情希望大家注意一下。就是關於靈力的限定解除。」

聽見令音說的話，七罪歪了頭。

「……？路徑變狹窄，不就代表我們無法讓儲存在士道體內的靈力逆流回我們身上嗎？」

「……基本上是這樣。不過，妳們的身體還是留有極少量的靈力。只要妳們有心，雖然要花一點時間，但應該還是有可能發揮出靈力。」

「咦？那麼——」

美九話才說到一半，令音便搖了搖頭。

「……不過，請妳們盡量不要使用靈力。在無法提供靈力的狀態下硬使用力量的話，不知道會對妳們的身體造成什麼樣的影響。」

「——！」

精靈們的臉孔染上緊張之色。然而，十香卻使勁搖搖頭。

「不，如果使用靈力能夠幫助士道……」

「……萬一妳倒下，就不可能幫助小士了。」

「唔……唔……」

聽令音這麼一說，十香一時說不出話來。這樣確實是本末倒置了。

「我知道了。我會盡量不使用靈力。」

「說的也是呢～～反正就算不使用靈力，只要憑大家可愛的個性，達令就會被妳們迷得神魂顛倒啦～～」

美九樂天地露出笑容。她未免也想得太樂觀了……不過，想太多也不是件好事吧。

「……剩下的問題，果然就只有時間了。我希望妳們盡量選定一個地點虜獲他的芳心。」

令音說完，折紙便把手抵在下巴，低頭沉思——數秒後，她抬起頭。

「我有一個想法。」

「……說來聽聽吧。」

令音輕聲如此回答。

◇

「……嗯？」

士道走在路上，放在他外套口袋的手機突然震動了起來。他本來以為接受身體檢查的時候，精密機器會被機構人員拿走暫時保管，但看樣子對方似乎是收到他的外套口袋裡了。

從震動的節奏和響起的聲音判斷，並不是有人來電，而是有人傳簡訊過來。士道朝螢幕一看，發現是從琴里的手機傳來的。

「哦……？」

士道看了簡訊內容，一副感到十分有意思的樣子揚起嘴角。

因為那封簡訊上附有某個地方的地圖，本文則是只寫著疑似是那個地方的地址。

文字雖然簡潔，但充分表達出她的意圖。

簡單來說，就是表示她們已經準備好回應士道的要求了吧。

「好了，妳們究竟打算發動什麼攻勢呢……」

士道如此說完，便將手機收進口袋，「咚」的一聲朝地面一蹬。

光憑這個動作，士道的身體便宛如從枷鎖中解放，飄浮在空中。走在周圍的人們或許是看見了士道的身影，驚愕地瞪大雙眼。

雖然並不希望讓一般市民見識到精靈的力量，但對現在的士道而言，那種事情根本無關緊要。每當他自在地施展力量時，被高燒熱暈的頭便會充滿高漲的情緒。士道自然而然心想，搞不好吸毒就是這種感覺吧。

「好了——那我就去赴約看看吧。」

士道抬起頭，在腦海裡回想剛才看過的地圖。離這裡不遠，現在的士道應該能立刻抵達。他微微縮起腳，朝虛空一蹬。於是，周圍同時捲起風，士道的身體隨後以超高速飛往天空。彷彿成為子彈的感覺。映入眼簾的景色一幕幕飛逝而過，風拍打著皮膚，令人發疼。如果是平常的士道，肯定會在飛行的途中昏厥過去，一頭栽到地面吧。

不過，現在的士道才不會發生那種淒慘的情形。經過數分鐘的飛行後，士道旋轉身體一圈，華麗地著地。

然後簡單地整理被強烈的風壓弄亂的服裝和頭髮，同時環顧四周。

「是這裡嗎……」

士道抬起頭。有一棟巨大的建築物建在郊外的一座蕭瑟森林裡。高度並不高，但十分寬廣。若是用四方形的箱子將巨蛋球場蓋起來，大概就會變成這種形狀吧。

即使士道環視建築物，也沒有看見標示這棟建築物究竟是何種設施的告示牌。有一種宛如在生產什麼危險藥品的祕密工廠般可疑至極的氣氛。

但現在的士道絲毫不感到害怕。他帶著期待和些許興奮的心情，走向建築物──打開門。

於是，那一瞬間──

「士道！」

「士道……！」

「達令！」

「……！」

士道不禁將眼睛瞪得圓滾滾的。

視野中充滿耀眼的光芒，隨後宛如南國海灘的光景便在眼前擴展開來——身穿各式各樣泳衣的精靈們迎接士道。

同一時間，〈拉塔托斯克〉位於天宮市地下設施一角的某個房間內，聚集了一群空中艦艇〈佛拉克西納斯〉的船員。

「——目標人物，進入巨蛋內了！」

〈保護觀察處分〉箕輪說完便操作起手邊的控制檯。於是，設置在牆面的巨大螢幕上顯示出士道的特寫畫面，畫面的兩側表示出他的精神狀態和好感度等數值。

沒錯。這裡是建造在地下設施中的臨時司令室。雖然設備不比〈佛拉克西納斯〉完善，但足以支援精靈們。

站在司令官席旁邊的高挑男子——〈佛拉克西納斯〉副艦長神無月恭平，凝視著螢幕的影像，高聲說道：

「很好。那麼，開始展開攻勢。雖然不是正規的工作，但這是非常重要的任務。全體人員請繃緊神經了。」

「是！」

這時擴音器正好傳來故意壓低音調的聲音。

『……神無月。我想你應該明白，別給我亂選答案喔。聽說之前我不在的時候，你幹了許多好事嘛。』

螢幕的角落顯示出穿著白色兩截式泳裝的司令，五河琴里的身影。她露出銳利的視線瞪視著自動感應攝影機。不過，神無月卻表示出一副沒察覺到琴里說話帶刺的感覺，像隻面對飼主的小狗般輕輕地敬了一個禮。

「那是當然！請交給我吧！不才神無月恭平，絕對會攻下士道的芳心！」

『你這麼想總讓人感到不放心呢……算了。總之，士道會停留在這裡。』

聽見琴里說的話，船員們再次回答：「是！」

之後，〈穿越次元者〉中津川發出呻吟般的聲音：

「不過，真不愧是司令呢。如果執行這個『怦然心動！精靈泳裝大會』作戰，不僅能一個接一個地向士道展開攻勢，大家也能用泳裝讓士道心裡小鹿亂撞，真是太完美了。」

正如中津川所說，在室內游泳池的精靈們全都穿著可愛或性感的泳裝。青春期的少年光是看到這種畫面，很可能就會樂得升天，是如夢一般的光景。

「就是說啊。在冬天穿泳裝這種不搭軋的感覺也很有衝擊力。這樣的話，士道也會被迷得神魂顛倒吧。」

〈迅速進入倦怠期〉川越點點頭表示同意。不過，琴里卻聳了聳肩，臉頰流下汗水。

『不，想出這個戰略的人並不是我——』

『——我要表達不滿。』

就在這個時候，擴音器傳來一道細小的聲音打斷琴里說話。螢幕同時跳出視窗，顯現出身穿黑色泳衣的折紙身影。

『我所提出的並不是這種程度的作戰。現在也不遲，請改變方針。』

『我說妳啊……天體海灘想也知道不行吧！』

聽見琴里的發言，船員們不禁咳個不停。

「……原……原本提出的想法，是天體海灘嗎……」

「該怎麼說呢……不愧是鳶一折紙……」

〈詛咒娃娃〉椎崎和〈社長〉幹本額頭冒出汗水如此說道。不過，折紙若無其事地繼續說：

『為什麼不行？』

『還……還敢問……』

『這麼做肯定能出乎士道的意料。現在和士道接吻，擴大路徑，才是最優先的事項吧。』

『妳說的……或許沒錯啦……』

琴里支支吾吾，說不出話來。

「……折紙，妳冷靜一點。做出判斷的終究是小士。過分裸露可能會嚇到小士。」

『原來如此。也就是說，慢慢脫掉比較好嘍。』

「……不，也不是這樣啦。」

令音搔了搔臉頰，清清喉嚨，重新打起精神望向螢幕。

螢幕中的士道早已使用七罪的能力在一瞬間換好泳褲，走近大家。他一開始似乎感到十分驚訝，但如今已經看不見情緒激動的數值。果然要達到和他接吻的目的，必須採取主動的攻勢。

「……總之，開始進攻吧。誰要打頭陣？」

令音說完的瞬間，擴音器傳來其他人的聲音。

『呵呵，沙場先鋒謂之兵。就讓吾等先上場吧。』

『自信。交給夕弦和耶俱矢。』

螢幕上跳出另一個新視窗，顯示出穿著同款泳裝（但是圖案左右相反）的八舞姊妹身影。

「……唔，八舞姊妹啊。大家有意見嗎？」

『當然沒有。就讓我見識見識妳們的本領吧。』

『沒意見。就讓妳們當開路先鋒吧。』

『……隨便妳們。』

離士道比較遠的精靈們如此回答。

透過耳麥聽見這些話的耶俱矢和夕弦兩人同時點點頭後，用不知道在哪裡學到的像模特兒走臺步般的步伐走向士道。

『呵呵，士道啊，虧汝有膽赴約吶！』

『首肯。看樣子，士道似乎很想被夕弦等人的魅力迷得神魂顛倒呢。』

士道面向兩人的方向回答：

『喔，是耶俱矢和夕弦啊。哈哈，繼天央祭之後，這是我再次看到妳們穿泳裝的模樣呢。果然身材好，穿起泳裝就是顯得格外好看呢。很適合妳們喔，非常地——漂亮。』

士道說完，臉上浮現怡然自得的笑容。

或許是沒預料到士道會如此坦率地誇獎她們，只見自信滿滿走過來的耶俱矢和夕弦瞬間羞紅了臉。

「耶俱矢、夕弦兩人的好感度都上升了！」

「不是啊，妳們反過來迷戀上他，這怎麼行啊！」

臨時司令室裡響起椎崎尖銳的聲音。

就在這個時候，螢幕上跳出了一個新視窗。

上頭顯示出三個選項，分別是：

①從左右包夾士道，使出必殺胸部攻擊。

②兩人共吃一支霜淇淋，品嚐香草味道的吻。

③把士道當成人體香蕉船，兩人搭乘他遊覽游泳池。

「哦，顯示出選項了呢！全體人員，選擇！」

神無月高聲吶喊。於是，船員們操作手邊的控制檯，開始投票給自己選定的選項。

然後，立刻顯示出結果。選項①和②票數不分上下，而選項③只有得到一票。

「果然是①吧。」

「是啊，這是只有兩個人才辦得到的方法。②也難以捨棄呢……但③除了有特殊喜好的人之外，應該不會有人感到開心吧。」

船員們如此說完，神無月大感意外般瞪大了雙眼。

「怎麼會！③不錯啊，很棒耶！會令人小鹿亂撞啊！要是在脖子綁上繩子會更好！士道一定也能體會箇中滋味。妳們兩位聽得見嗎？選③——」

「——川越！」

「交給我！」

就在神無月想對八舞姊妹下達指示的瞬間，川越衝向神無月。幹本趁機壓制住神無月的雙手，而中津川則是用繩索將他綑綁在椅子上。

「你……你們這是做什麼啊！造反了嗎！」

「不好意思啊，副司令。」

「但是司令吩咐我們，如果你快要失控，就這麼做……」

「原來如此！不愧是司令，完全掌握住我的罩門！那麼，就拜託你們再綁緊一點！左手綁太鬆了啦，搞什麼鬼啊！」

被綁在椅子上的神無月臉頰泛紅、呼吸急促。船員們臉頰滴下汗水。

「……那麼，接下來就麻煩村雨分析官妳下達指示了！」

令音聽了點點頭回答：「……好。」然後將嘴湊近連結耳麥的麥克風。

『……妳們兩人聽得到嗎？選①。』

耳麥傳來令音的指示。

「哼……原來如此啊。呵呵，受到吾等八舞用胸部擠壓，清純的士道肯定會受不了吧。」

「提醒。耶俱矢，做這種事情最重要的就是要豁出去。千萬不能感到害羞、畏畏縮縮的。」

「才……才不會咧！沒問題！用不著汝擔心！」

「首肯。那麼——我們上吧。」

耶俱矢和夕弦互相輕輕點了點頭後，面向士道。

然後在士道的兩旁坐下，緊貼著他，挽住他的手。

「嗯？妳們兩個怎麼啦？」

士道眨眨眼，來回望向兩人的臉。耶俱矢和夕弦交換了一下眼神後，不發出聲音，只動嘴唇說出「一、二、三」後，同時將自己的胸部頂向士道的手臂。

「喔？」

感受到兩人胸部的觸感，士道挑起眉毛。耶俱矢和夕弦滿臉通紅地揚起嘴角。

「呵……呵呵……怎麼樣啊，士道？吾等的美色令汝小鹿亂撞吧？」

「同意。你用不著逞強喲，承認吧。」

兩人一邊說一邊靠近士道。

然而，士道卻嘆了一口氣，輕輕搖搖頭。

「喂、喂，妳們兩個。我是樂得很啦，但是未出嫁的女孩可別隨便做出這種事情啊。」

「什麼……！」

「驚愕。不像士道原本的個性，竟然老神在在的樣子。」

看見士道的反應，耶俱矢和夕弦不禁滴下汗水。

如果是平常的士道，只要兩人將胸部靠近他，他肯定會瞬間臉紅得像番茄，發出充滿慌亂的聲音。然而，如今的士道卻絲毫不見上述的模樣。

冷靜下來聽見這句話後，反倒是耶俱矢和夕弦兩人感到難為情。兩人發出低聲呻吟後，一臉尷尬地移開視線。

於是，士道輕輕拍了拍兩人的頭。

「不過，謝謝妳們啊。耶俱矢和夕弦都是為了幫助我，想要讓我怦然心動吧？妳們的這份心意令我感到非常開心。」

「唔……」

「臉紅。總覺得好奸詐喔。」

耶俱矢和夕弦有種說不過對方的感覺，發出消沉的聲音。

『……妳們用不著那麼悲觀，耶俱矢、夕弦。』

兩人耳邊傳來令音的聲音。

『……小士雖然一臉若無其事的樣子，但在妳們將胸部頂向他的瞬間，他的興奮數值明顯上升。再加把勁。』

聽見這句話，耶俱矢和夕弦互相對視。

「呵……呵呵，什麼嘛，原來還是有產生反應啊。」
「首肯。比平常還要悶騷。」
『……接著試看看第②選項吧。兩人共吃一支霜淇淋，品嚐香草味道的吻。游泳池旁邊不是有一間霜淇淋店嗎？』
兩人望向令音所說的方向後，確實看見了一間裝潢充滿熱帶風情的小攤子。一名疑似〈拉塔托斯克〉機構人員的女性笑咪咪地站在那裡。
耶俱矢和夕弦輕輕互相點了點頭，迅速地當場站起身來。
「呵呵，士道啊，汝稍等一下！吾等為汝送上冰雪女神之吻！」
「翻譯。我們去買霜淇淋，請你稍等一下。」
兩人說完衝向沙灘，在小攤子點了兩支霜淇淋後，回到士道的身邊。
「嗯？」
看見兩人手中的霜淇淋數量，士道歪了歪頭。
「怎麼，只有買妳們自己的啊？真過分耶。」
士道苦笑著聳聳肩。然而，耶俱矢和夕弦使勁地搖搖頭。
「呵，汝言之過早了，士道。」
「轉讓。一支是給你的，請吃。」

夕弦將霜淇淋遞給士道後，士道便一臉疑惑地瞪大雙眼。

「嗯，謝謝妳。不過，這樣的話，夕弦妳不就沒得吃了嗎？該不會是錢不夠吧？」

「否定。並不是這樣。不過，夕弦和耶俱矢共享一支霜淇淋就可以了……耶俱矢。」

「……嗯。」

夕弦催促似的說了，耶俱矢便有些難為情地猶豫了一下，接著遞出手中的霜淇淋。夕弦溫柔地握住那支霜淇淋。

然後，耶俱矢和夕弦互相點了點頭，開啟雙唇露出舌頭，同時在士道的眼前舔起霜淇淋。

「嗯……啊嗯。」

「甜……美。霜淇淋……」

對方的氣息柔和地刺激著臉頰，可以看見彼此的舌頭隔著白色甜蜜的霜淇淋蠢動著。耶俱矢和夕弦看見對方淫蕩的模樣，感覺整個頭腦發燙得快要燒焦。悖德、色情、蠱惑人心的快感。原來如此，這意外地挺刺激的。這樣的話，士道也……

『……不好意思，在妳們兩位奮鬥的時候打擾，但這不應該是妳們兩個人做，而是要和小士做吧？』

聽見耳邊傳來的令音的話語，兩人停止動作。

「……啊！」

「忘記。聽妳這麼一說，還真是這麼一回事。」

令音說的沒錯。耶俱矢和夕弦從字面上擅自斷定是由她們兩人執行這個動作，但這樣子只是在向士道展現兩人卿卿我我的模樣罷了。兩人在因自己的行為和誤解的雙重打擊之下，羞愧得面紅耳赤。

不過，兩人在這個時候發現士道的臉頰也微微泛紅。

「……？咦？」

「疑惑。我們不是誤解意思了嗎？」

『請等一下，村雨分析官！士道的興奮數值正在上升！』

耳麥傳來〈社長〉幹本的聲音。

『看樣子，八舞姊妹卿卿我我的畫面造成他視覺上的興奮了呢！』

『這也難怪……！剛才的畫面有點那個。是足以錄下來，晚上一個人好好享受的程度。』

聽見〈穿越次元者〉中津川說的話，耳麥傳來好幾個人點頭般的聲音。緊接著，傳來〈詛咒娃娃〉椎崎感到受不了似的聲音。

『……箕輪，結束任務的時候，我建議男性船員們應該去做身體檢查。』

『說的對，就這麼辦吧。』

『怎麼這樣！那終究是用來研究的啦！』

『就是說啊！只是純粹出於求知慾！』

『啊～～是、是。對了，村雨分析官。』

『……嗯，這只是剛好走運。不過，現在小士的興奮數值是八十四。只要再做些什麼，加把勁的話就能過關了。』

聽見令音說的話，耶俱矢和夕弦皺起眉頭。

「就算……就算妳這麼說……」

「提醒。耶俱矢，霜淇淋……」

在夕弦這麼說的同時，霜淇淋因兩人的體溫而融化，從甜筒滴落到夕弦的胸口。

「好冰。呀！」

夕弦抖了一下肩膀。於是，融化的霜淇淋穿過夕弦的乳溝，這次則是滴在耶俱矢的大腿上。

「嗚呀！好……好冰……」

耶俱矢緊閉雙眼，然後一臉不悅地板起臉孔。

「嗚哇，黏答答的。有什麼東西可以擦嗎？」

「提議。只要跳進游泳池，這點黏膩的感覺立刻就——」

夕弦話說到一半的時候，抽動了一下眉尾。於是，耶俱矢一臉納悶地歪了歪頭。

「嗯，汝怎麼了，夕弦？」

「天啟。如果這麼做……」

夕弦如此說完便突然繞到耶俱矢的後方，抓住她的雙肩，將她推向士道。

然後——

「請求。士道，夕弦和耶俱矢因為融化的霜淇淋而身體黏答答的。請用你的舌頭，幫我們清理乾淨。」

「嗯？」

士道瞪大雙眼。耶俱矢頓了一拍才理解夕弦所說的話是什麼意思，高聲吶喊：

「喂……！汝……汝在說什麼啊，夕弦！」

「制止。冷靜一點，耶俱矢。轉禍為福。這是反敗為勝的方法。雖然耶俱矢的胸部不大，但Q彈的肌膚是極品。」

「抱歉啊，本宮胸部不大！那就請士道先把汝的胸部清理乾淨啊！」

「拒絕。如果先從夕弦開始，輪到耶俱矢的時候，可能會因為刺激不足而興奮不起來。」

「汝是在誇獎本宮！還是在嘲笑本宮啊！」

耶俱矢發出語帶哀號的吶喊聲，在眼前目睹這一切的士道便露出邪佞的笑容。

「哦……？妳希望我幫妳清理乾淨嗎，耶俱矢？」

「……！這……這個嘛……」

「忠言。耶俱矢。」

夕弦在耶俱矢的耳邊竊竊私語。於是，耶俱矢滿臉通紅地點點頭。

「……麻……麻煩汝……了。」

耶俱矢說完，士道滿心歡喜地微笑著回答「這樣啊」，然後舔了舔嘴脣。

接著士道當場彎下膝蓋，慢慢地將臉湊近耶俱矢的大腿。

「…………！」

士道的舌頭觸碰到耶俱矢肌膚——的前一刻……

耶俱矢和夕弦的右耳突然響起「叭叭啦叭！」的高分貝吹奏樂曲，兩人同時抖了一下。

「嗚呀！」

「驚愕。剛才的聲音是怎麼回事？」

兩人慌亂得眼珠子直打轉。耳麥傳來令音的聲音回答：

『……恭喜妳們。就在剛剛，小士的興奮數值超過了九十。而且，是對妳們兩個。』

「咦！所以是……」

「達成。意思是，士道對夕弦兩人感到小鹿亂撞了嗎？」

耶俱矢和夕弦說完，士道似乎從兩人的對話中察覺到情況，聳聳肩哼了一聲。

「看來，我敗給妳們了呢。不愧是八舞姊妹。」

「咦？啊——呵……呵呵呵！那是當然的！汝體會到吾颶風皇女八舞的魅力了吧！」

耶俱矢像是要掩飾自己的心情般放聲大笑。士道感到十分有意思似的瞇起雙眼，指向耶俱矢被霜淇淋濡濕的大腿。

「……那麼，要繼續嗎？」

「……！啊，啊嗚嗚……」

耶俱矢再次羞紅了臉低下頭。

◇

「……」

七罪身穿一點都不性感的連身泳裝（不過，不性感不全然是因為泳裝的關係就是了），躲在擺放在室內游泳池設施中的岩石後頭，窺視士道和八舞姊妹的狀況。

雖然七罪為了避免被發現，位於距離三人有一點遠的地方，但只要調整耳麥的頻道就能聽見三人的對話，因此可以得知他們說了些什麼話以及迎向何種結果。

看樣子，兩人似乎成功讓士道內心小鹿亂撞了。不愧是經常自信滿滿的耶俱矢，以及意外地頗有兩把刷子的夕弦，成功地達成開路先鋒的職責。

話雖如此，其實七罪並不怎麼感到驚訝。兩位美女姊妹都主動到那種地步了，根本沒有男人會不動心吧。

基於同樣的原因，七罪也不擔心其他的精靈。我們的女神四糸乃神自然不用說，十香天真又可愛，身材也凹凸有致，琴里擁有沒有血緣關係的妹妹這種悖德的感覺以及逞強的個性，會引發男人的遐想。就連品行有些問題的美九，她的胸部已經稱得上是凶器，折紙也……擅長捕捉男人。大家應該都能順利和士道接吻吧。

不過，會造成問題的不是別人，正是七罪自己。

「讓他怦然心動……這個條件是怎樣啊？」

七罪憤恨不平地說著，緊緊握住拳頭。

清晰可見的惡意。貌美如花的精靈當中，只有一名會拉低大家的平均值——問題人物七罪。這個條件怎麼想都覺得是針對七罪而定的。

大家理所當然似的能夠輕易達成的條件，只有她一人無法過關的焦躁，以及會造成其他人麻煩的恐懼。不是當事者可能難以體會這種心情，但意外地壓力非常大。

就好比班際集體跳繩比賽時，「很好，其他班的紀錄沒什麼了不起的！」「是啊，只要跳十下就能得冠軍了！」「根本等同於囊中物了嘛！」「好，要跳嘍！一、二、三……啊！」「喂、喂，是誰啊……」「嗚哇，太扯了吧……」這種感覺。所以我不是一開始就說我不太會跳繩了嗎！為什麼跳繩強的人在甩跳繩啊！這是個弱肉強食的社會嗎！

七罪莫名地想亂抓自己的喉嚨。

「……總……總之，我不可能達成這個條件啦……」

七罪用力抓了抓頭，發出陰沉的聲音陷入沉思。

即使七罪無法令士道內心小鹿亂撞，只要其他人在今晚十二點和士道接吻，擴大路徑，士道的精靈能力勢必會比現在更為收斂才對。如此一來，就能請其他人一起壓制住士道，讓七罪強吻他……這個方法或許不太值得讚揚，但事態緊急，想必大家也能理解吧。

「很好……就這麼做吧。」

「怎麼做？」

「就是我先讓大家——呃，呀！」

突然有人向七罪搭話，她因而發出尖銳的叫聲，跳了起來。

「士……士道！」

然後呼喚不知不覺間出現在她背後的人的名字。

沒錯。站在七罪背後的，正是到剛才為止還在七罪的視野內與八舞姊妹對談的士道。

「嗨，妳在這種地方做什麼啊，七罪？」

「……沒……沒有啊……沒做什麼……別管我了，你快點去其他女生那邊啦。十香好像在找你喔……」

七罪說完後，士道便發出「唔──」的聲音，做出像是在思考著什麼事情的姿勢後，露出邪惡的笑容。

「如果我說不要呢，妳打算怎麼辦？」

「啥……？你……你在說什麼啊？我怎麼聽不懂……」

「我的意思是，在妳令我怦然心動之前，我不去其他精靈那邊。」

「……咦！」

聽見士道說的話，七罪慌亂得眼珠子直打轉。

「等……等等等等一下啦，你是說假的吧！順……順序我們不是可以自己排嗎！再說，為什麼是我啊！」

「看心情。」

「開什麼玩笑啊啊啊啊啊啊！」

『……七罪，妳冷靜一點。』

就在七罪發出尖銳的叫聲時，耳麥同時傳來一道睡意濃厚的聲音。

地下臨時司令室的螢幕上顯示出七罪和士道的身影，上頭跳出記載著選項的視窗。

①活用乳臭未乾的扁平身材，表現出天真無邪的樣子，令士道小鹿亂撞。

②用從容不迫的成熟大姊姊態度來應對，以反差決勝負。

③用老奸巨猾的蘿莉老太婆魅力一決勝負。

「……全體人員，請選擇。」

令音以呆愣的語氣如此說道，船員們配合她的指令，操作控制檯。螢幕上立刻顯示出結果。

結果是——②。

「……原來如此，②啊。」

「是的，感覺士道喜歡年幼的女生，選項①也不錯，但七罪可能做不來……」

「嗯，只要讓七罪回想起變成大姊姊模樣時的事，選項②她也未必做不來……」

「咦咦！③不行嗎？我覺得用以往不曾試過的感覺展開攻勢，效果應該不錯……」

「唔……中津川的癖好雖然不像副司令那麼明確，但有些特殊耶……」

船員們你一言我一語。令音將嘴湊近連結耳麥的麥克風。

「……妳聽得到嗎，七罪？選②。」

七罪從耳麥收到令音的指示後，嚥了一口口水。

——用從容不迫的成熟大姊姊態度來應對，以反差決勝負。是要叫她現在對士道這麼做嗎？

「……！」

心臟撲通撲通地跳，是因為緊張的關係嗎？全身冒出汗水。

不過，那也是理所當然的事。現在的七罪由於和士道連結的路徑變狹窄，即使精神狀態如此不安定，靈力也幾乎不會逆流。也就是說，七罪無法盡情使用她心靈上的支柱——變身能力。

七罪第一次遇見士道時，確實以成熟女人的魅力將士道玩弄於股掌之間。不過，那是靠〈贗造魔女(Haniel)〉塑造出的大姊姊形象這個如同假面具般的存在才得以成立。對於本來就怕生、害怕面對人群，如果轉世投胎想要變成能單性生殖的生物的七罪來說，是根本辦不到的事情。

不過，七罪也十分清楚現在不是能說這種話的狀況。要是七罪在這個時候放棄，士道的力量就會失控，最壞的情況有可能死亡。如果事情演變成那種地步，四糸乃等人也會傷心難過——更重要的是，七罪也絕對不容許這種情況發生。

七罪能有今天，全都是多虧了士道的幫助。她的確因為緊張而頭暈目眩、說話音調變高，不過她非做不可。七罪鼓起全身上下聚集而來的一丁點勇氣，下定決心似的抬起頭。

然後表現出生硬的嬌媚姿態，對士道說：

「嗯……嗯哼，士道真是的……就那麼中意我嗎？真拿你……沒辦法呢……」

七罪盡其所能地做出性感撩人的姿態，用手指在士道的手臂上畫圈圈。

然而——

「……噗！」

士道用手摀住臉龐，輕聲噗嗤一笑。

於是，七罪那宛如因為表面張力而停留在杯緣不會溢出的水般瀕臨臨界點的羞恥心，在瞬間爆發了。

「嘎……嘎啊啊啊啊啊！你……你幹嘛啊，幹嘛笑啦——！竟敢嘲笑我、竟敢嘲笑我！我自己也知道這樣很奇怪啦！像我這種矮冬瓜還硬要模仿性感大姊姊，肯定很滑稽的嘛——！可是，我也沒辦法啊！要不然你要我怎麼辦嘛——！」

「抱歉、抱歉。我並不是在嘲笑妳，只是會心一笑罷了。」

「吵死了啦！那種婉轉的說法是怎樣啦！太假了，我聽不下去啦！」

七罪大吼，胡亂抓了抓自己的頭髮。

——啊啊，不行啊，果然不行啊。自己「這樣下去」沒辦法展開攻勢，「這樣下去」沒辦法幫助士道。

七罪如此判斷後，猛然豎起一根手指指向士道。

「……你等我一下！」

「咦？」

士道瞪大了雙眼，不過七罪不予理會，迅速地轉過身，奔向剛才換好泳衣的更衣室。

室內游泳池附設的更衣室裡備有各種尺寸、設計的泳裝。大家在士道前來赴約之前，精挑細選各自適合的泳裝。不過，七罪挑選泳裝的基準是能多樸素就多樸素就是了。

七罪在一大堆泳裝當中翻找，迅速地挑選出新的泳裝。她挑選的不是現在穿著的那種連身泳裝，而是大膽的比基尼式泳裝，而且還是可能是為了美九或夕弦她們所準備的尺寸。

「很好……」

七罪下定決心似的緊握拳頭，脫下身上的泳裝，一絲不掛。

她十分清楚在現在的狀態下顯現靈力很危險。但為了幫助士道，她只能使用「這個」方法。

七罪吐出悠長的氣息，集中意識。

——喂～～大家來連線對戰吧！嗯，好啊……啊，可是七罪沒有這款遊戲吧？啊，抱歉。是嗎？那妳可以自己一個人去旁邊玩嗎？

「……你一開始就知道我沒有那款遊戲了吧啊啊啊啊啊啊啊！」

七罪在腦海裡展開消極的妄想，大聲吶喊。於是，她的身體發出淡淡的光芒，輪廓從乾扁的矮冬瓜逐漸變成性感女性的身材。

沒錯。精神層面遠比其他精靈脆弱的七罪能利用想像悲觀消極的畫面，暫時解除靈力。

而且——變成成熟大姊姊樣貌的七罪天不怕地不怕。

「呵呵呵……那麼，我就陪士道玩玩吧。」

七罪與剛才一百八十度大轉變，以充滿自信的舉止在鏡子前擺出姿勢後，穿上準備好的比基尼，走出更衣室。

就在這個時候，耳麥傳來令音的聲音。

『……七罪，妳這副模樣——是使用了靈力吧？這樣很危險，馬上變回原來的樣子。』

「呵呵，沒問題的啦，用不著那麼擔心。為了節省靈力，我沒有將其他東西變成泳裝，而是使用真正的泳裝。」

『……不行，太危險了。馬上——』

「是、是，我知道了啦。」

七罪無奈地聳了聳肩，並且嘆了一口氣後……

「——只要馬上讓士道內心小鹿亂撞，總沒問題了吧？」

七罪從鼻間發出哼哼兩聲，走向士道身邊。

「士道，讓、你、久、等、了♪」

「噢，七罪……妳這副模樣是……」

士道一臉驚訝地瞪大雙眼。七罪臉上浮現出從容不迫的笑容，緊貼士道，用指尖在他的手臂

上畫圈圈。

「這副模樣？哦……士道真是的，原來你對我的身體有興趣啊？」

七罪惡作劇般這麼說，然後繼續捉弄士道：

「士道喜歡女孩子的哪個部分呢？告訴大姊姊嘛。這樣的話，要我特別讓你摸也行喔。」

聽見七罪挑逗的話語，士道揚起嘴角露出邪佞的笑容。如果是平常的士道，肯定羞紅了臉頰，感到驚慌失措吧。但他似乎因為發燒和靈力的關係，有些失常。

「哈哈，妳說這種話好嗎，七罪？可別小看高二男生的妄想力喔。」

「當然，別客氣。再多跟大姊姊撒嬌吧。」

七罪一邊說一邊抬起士道的下巴。

然而，就在這個時候——

「——啊嗚！」

七罪突然感到胸口一陣劇烈疼痛，隨後開始全身不停地顫抖。

「唔……唔……這是……」

「喂，七罪？妳怎麼了？」

看見七罪臉上冒出冷汗，彎下身體，士道一臉擔憂地對她如此說道。然而，疼痛完全沒有減輕。七罪身體慢慢開始發熱，連呼吸也變得困難。

於是——就在七罪快要失去意識的瞬間——

她的身體發出淡淡的光芒，隨後模樣從成熟大姊姊的姿態變回原本的嬌小身軀。看樣子，靈力似乎很快便到達極限。

而且，因為在變身成大姊姊模樣時換了泳裝，這下子糗了。

原本包覆住多出二十公分以上豐滿胸圍的比基尼上衣無法停留在七罪的胸部上，好不容易才留下一邊的肩帶，其餘的部分慢慢地掉落。

「呀！」

七罪發出尖叫聲，當場蹲下，用手遮掩胸口和下腹部。

士道目瞪口呆地凝視著七罪的樣子好一會兒後——

「——噗，呵呵，哈哈哈，啊哈哈哈哈哈哈！」

忍不住開始捧腹大笑。

「你……你……你很煩耶！不准笑啦——！追根究柢還不是因為你看見我這副模樣，不會怦然心動害的啊啊啊啊啊！」

「哈哈……沒有啦，抱歉。我只是有點嚇一跳……」

「我明白得很！明白得很！反正你也不想跟我這種醜女接吻吧！還附上要讓你怦然心動這種冠冕堂皇的條件！你直說不就好了！」

七罪滔滔不絕地說著，士道便聳了聳肩回答：

「喂、喂，誰說這種話了啊。事實上——」

「這點小事，你不說我也懂啦——！然後你打算在最後說出：『聽好了，妳們當中只有一個人沒有辦法令我怦然心動～～』在大家面前揭發我，公開羞辱我吧——！可惡、可惡、可惡啊啊！到底要怎麼做才能讓你小鹿亂撞啊——」

七罪吶喊到這裡時，突然察覺——

察覺到她右耳的耳麥響起表示過關的吹奏樂曲。

「——咦？」

七罪一雙眼睛瞪得老大。她一時之間無法理解發生了什麼事，露出目瞪口呆的表情。

『……恭喜妳，七罪，妳過關了。小士看見妳性感撩人的姿態，確實動了心喔。』

「咦……不會吧，真的嗎……？」

七罪不敢相信從耳麥傳來的令音的話語，一臉呆滯。

士道從擺在旁邊的海灘椅上拿起一件薄連帽外套，溫柔地披在七罪的肩上。

然後凝視了七罪數秒後，旋即露出微笑。

「……幹……幹嘛？」

「呵呵……抱歉，沒什麼。只是覺得七罪妳真的……很可愛呢。」

「什麼……！」

聽見突如其來的話語，七罪的臉龐染上戰慄之色。

「你突然說這是什麼話啊……！你眼睛瞎了吧……？」

「不，沒這回事。妳很可愛，我保證。」

「唔……唔唔……」

「很可愛。七罪好可愛，超級可愛。」

「喂……」

「真的很可愛。可愛死了。」

「…………唔唔唔…………」

「……妳很可愛喔，七罪。」

「……嘎……嘎啊啊啊啊啊啊！」

七罪的臉紅得像顆番茄似的，將士道推落游泳池。

◇

「哇喔～～七罪很有一套嘛～～哎呀，以後得叫她可愛的七罪才行吧？」

「嗯，七罪……好棒。」

看見七罪努力奮鬥的四糸乃聽到左手的「四糸奈」說的話後，點頭稱是。

這樣子，加上之前的八舞姊妹，就有三個人成功讓士道怦然心動了。雖然無法預料接下來會發生什麼事，但可說是還算順利。

『……那麼，接下來換誰展開攻勢呢？』

就在這個時候，令音的聲音透過耳麥傳來。

這一瞬間，「四糸奈」揮了揮手。

「我、我～～接下來換四糸乃進攻吧～～」

「……！四……四糸奈……？」

聽見突如其來的話語，四糸乃瞪大了雙眼。

『……嗯，就決定是四糸乃嘍？』

「不……不行，我還沒……」

「四糸乃～～現在是該妳努力報恩的時候嘍。平常士道幫妳那麼多忙，這次得換妳去幫他才行！為了這件事，我們剛才不是還開了作戰會議嗎！」

「……！」

聽「四糸奈」這麼說，四糸乃輕輕抖了一下肩膀。「四糸奈」說的沒錯。現在能幫助士道的，就只有四糸乃她們這群精靈了，根本沒必要拖拖拉拉、猶豫不決才對。

四糸乃下定決心後，回答令音：

「請……請讓我上場……！」

『……嗯，我了解了。加油吧。』

令音輕聲細語地說了。四糸乃將手放在胸口，深呼吸了一口氣好讓心情冷靜下來後，緩緩抬起頭。

「我們走吧，四糸奈……！」

「了解！那麼，四糸乃，立刻實行我們剛才所定的計畫吧！」

「嗯……好……」

四糸乃拿定主意似的點點頭之後，奔向士道的身邊。士道發現四糸乃朝他靠近，便將視線投向她。

「喔，是四糸乃還有四糸奈啊。哈哈，妳們穿的泳裝好可愛喔。」

「謝……謝謝你的誇獎。」

「不過，四糸乃本人更可愛就是了。」

「……！」

才一碰到面就聽到士道這麼說，四糸乃不禁羞紅了臉。

就這麼沉默了幾秒鐘後，「四糸奈」戳了戳她的側腹催促她。

「啊……士道，那個……」

四糸乃一邊說一邊拿出藏在「四糸奈」體內的小瓶子。此時，「四糸奈」發出「嗯喔喔喔！」的奇妙叫聲。

「嗯？那是什麼？」

「那個……是防曬乳……我想幫你塗……」

「防曬乳？」

士道這麼說並抬起頭。裝飾成南國風情的布景天花板顯現出晴空，人造太陽正閃閃發光……但他不知道這樣會不會曬黑。

然而，士道露出愉悅的笑容。

「這樣啊，那就麻煩妳幫我塗嘍。我曾經幫耶俱矢和夕弦塗過，但這搞不好是第一次有人幫我塗呢。」

士道如此說完，便在人造沙灘上鋪上一層墊子，趴在上頭。

「好……好的……！」

四糸乃點了點頭，在「四糸奈」的身體蓋上塑膠套，接著拿起防曬乳。然後——

「我……我要……塗了。」

四糸乃下定決心後，騎馬般跨坐到士道的背上。

「喔，妳還挺大膽的嘛。」

「……！那……那個……不好意思……」

「沒必要不好意思啦，繼續吧。」

「好……好的……」

四糸乃聽從士道的話，像是在幫士道按摩一樣，和「四糸奈」一起將防曬乳塗在他背上。

「……」

接觸士道的皮膚後，四糸乃明顯感覺到兩人在身體上的差異。真要說的話，士道的長相雖然中性，但背很寬闊，手臂上有柔軟肌肉的觸感。總覺得光是觸摸他，臉頰便開始微微發熱。

「啊……還挺舒服的嘛。我現在好像能理解當初耶俱矢和夕弦為什麼會發出喧鬧聲了。妳很會塗嘛，四糸乃。」

「謝……謝謝你的讚美……」

四糸乃一臉害羞地如此說著，仔細地塗抹乳液。

就在塗完士道整個背部的時候，四糸乃深深吸了一口氣調整呼吸，開啟雙唇：

「那個……士道，我塗完背部了。」

「嗯？喔喔，謝謝妳。」

「所以，那個……這……這次，換塗……前面……！」

四糸乃緊閉雙眼這麼說了。士道瞬間將眼睛瞪得圓滾滾的，接著感到十分有意思似的呢喃：

「哦～～這樣啊。那麼……我就恭敬不如從命嘍。」

士道如此說完，便做出要四糸乃暫時退開的動作。四糸乃慌慌張張地離開士道的背上。

於是，士道以莫名性感的姿勢坐起身子，改成仰躺。

「好了……四糸乃。過來吧。」

士道像是在邀請四糸乃似的對她招了招手。

「好……好的……」

四糸乃輕聲回答，戰戰兢兢地跨過士道的腹部——慢慢地坐下。

「那……那麼……我要開始塗了。」

她跟剛才一樣把乳液倒在手上，塗滿士道的胸部和腹部。每當四糸乃的手指觸碰到士道的身體時，他的肌肉便微微顫抖。

就在這個時候，四糸乃戴在右耳的耳麥傳來令音的聲音。

『……四糸乃，小士的興奮數值順利地上升嘍。再加把勁。』

「再……加把勁……」

「嗯？妳說什麼？」

「呃……呃……」

四糸乃忸忸怩怩地移開視線。於是，左手的「四糸奈」便一張一合地動了嘴巴，代替四糸乃發言：

「欸、欸，士道。四糸奈覺得啊，應該再往下塗比較好吧？」

「嗯？妳說往下……是指？」

聽見「四糸奈」說的話，士道將視線慢慢移向下方。

不過，四糸乃現在正跨坐在士道的腹部。想當然耳，士道的視線必定會被四糸乃的下半身遮住。腳尖、小腿、膝蓋，然後是——露出泳裝的大腿。

「……！」

四糸乃有種被視覺強姦的錯覺，不由自主地屏住了呼吸。

「四糸乃，四糸奈這麼說耶，妳打算怎麼做？」

「啊……我……」

四糸乃用右手摀住臉龐，發出細小的聲音。

「……請……請讓我……塗……」

「很好。」

士道慢慢點了點頭。四糸乃呼吸急促地在士道的肚子上轉換方向，面對士道的腳。

然而，就在四糸乃正想觸摸士道大腿的瞬間——

一陣天搖地動侵襲四糸乃等人所在的設施。

「——呀……呀啊！」

因為宛如巨大地震的衝擊，四糸乃不禁發出尖叫。天花板上方響起爆炸聲，牆壁龜裂，仿南國製作而成的裝飾品應聲倒塌。處於設施內的精靈們和〈拉塔托斯克〉的機構人員臉上露出戰慄的表情。

「四糸乃！」

一瞬間傳來士道的聲音，隨後士道抱起四糸乃直接跳進了游泳池。

四糸乃立刻理解了士道為何做出這個舉動。因為有一個巨大的照明燈從天花板掉落在四糸乃前一刻所在的位置。

「謝……謝謝你……」

「別客氣，話說，這究竟是怎麼一回事？」

「這個嘛……」

四糸乃立刻便察覺到這並非屬於自然災害。在士道封印她的靈力之前，她曾經體驗過幾次這種感覺。是一種利用人類的惡意和殺意所製造出來的兵器的氣息。

四糸乃望向設施開了一個洞的天花板，看見天空中有好幾個歪斜的人形輪廓。

「什麼！究竟發生了什麼事！」

原本躲在南國風裝置藝術品後頭注視著四糸乃奮鬥的琴里仰望著景觀變開闊的天花板，皺起眉頭。

「——令音！這到底是怎麼回事？」

『……發生了緊急狀態。我們偵測到你們所處的設施上空有幾架〈幻獸．邦德思基〉的反應。而且——不遠處也偵測到了疑似艾蓮．梅瑟斯的反應。』

「妳說什麼！」

〈幻獸．邦德思基〉是DEM Industry的遠距操作型人型兵器。正如令音所說，從冒出黑煙的天花板隙縫中能夠看見好幾隻發出紅光的機械眼。

以及艾蓮．梅瑟斯。她是人類最強的巫師，也是DEM擁有的最大戰力。

「唔……被DEM發現了嗎！」

『……是啊。他們的目標恐怕是小士吧……抱歉，是我們的過失。沒想到對方竟然能夠如此輕易地接近。』

「別這麼說，這也無可奈何。我十分清楚這裡沒辦法像〈佛拉克西納斯〉那樣。重點在於，要如何逃脫這個狀況。唔，偏偏挑這個時候來攪局……！」

琴里憤恨不平地說道。不過，那也是理所當然的事。目前〈佛拉克西納斯〉送修，精靈們也處於無法施展靈力的狀態。最強巫師艾蓮·梅瑟斯在此時現身，可說是屋漏偏逢連夜雨啊。

『……沒有時間了。琴里妳們想辦法繼續對小士展開攻勢。艾蓮·梅瑟斯就由我們這邊來應付——』

「應付……這種事情——」

『……如果可以，我實在不想使用這一招。但為以防萬一，我已經準備好了對策。交給我處理吧。』

令音以冷靜沉著的態度說了。「我知道了。」琴里猶豫了一下子，點了點頭回答：

「既然妳都這麼說了，一定沒問題吧。他們就交給妳應付了。在這種狀態下，游泳池也無法使用了吧。啟動第二順位，準備備用設施。」

『……好，那麼，祝妳好——』

令音話還沒說完，琴里的視線餘光便瞄到一個人影慢慢走出來。是士道。

「喂、喂，你們倒是破壞得挺開心的嘛。先動手的是你們，你們當然已經做好覺悟了吧？」

士道說完，瞪視著飄浮在空中的無數架〈幻獸·邦德思基〉，張開雙腿踏穩地面，抬起雙手伸向前併攏。

「士道……？你在做什麼啊？」

琴里一臉納悶地詢問後，士道瞥了琴里一眼，從鼻間哼了兩聲。

「看好嘍。」

然後在手中聚集靈力光束。

接著——吶喊。

吶喊出招式的名稱。

奧義！瞬．閃．轟．爆

——破喔喔喔喔！

隨著宛如裂帛般清厲的氣勢，士道將雙手推向上方。

瞬間，士道的掌心迸發出驚人的靈力波。

與十香的〈鏖殺公(Sandalphon)〉和折紙的〈滅絕天使(Metatron)〉相比，絲毫不遜色的濃密靈力洪流完全貫穿即將崩塌的天花板，片刻之間，將夜空照射得宛如白晝般明亮。疑似聚集在上方的數十具〈幻獸·邦德思基〉因為突如其來的攻擊，來不及逃跑，如煙火般散落。

「不會吧！」

琴里不禁發出高八度的聲音。不對，仔細想想，現在的士道擁有八名精靈的靈力，能發揮出這樣的力量也不足為奇吧……但是該怎麼說呢？感覺卻像目睹了一幕不尋常的光景。

「令……令音，妳說的對策，應該不是指這個吧……」

『……當然不是啊。』

琴里露出困惑的表情詢問後，令音便輕聲回答。

士道像是大功告成般擦拭著額頭。

「終於見識到我長期鍛鍊的成果了吧——我亂說的啦。」

「……」

雖然滑稽，但真是令人畏懼的威力。果然不能就這麼放著士道不管。琴里並不認為自己有鬆懈情緒，但她又更加堅定了決心。

「士道……！」

正當琴里思考著這種事情的時候，四糸乃奔向士道。對了，現在四糸乃應該正在對士道展開攻勢。

「啊啊，四糸乃。放心吧，我已經解決掉電燈泡了。」

「好……好的……」

四糸乃臉頰流下汗水，並且含糊地回答。話雖如此，也不是無法理解她的心情。畢竟看到剛才那一擊，會做出這種反應也是理所當然。

就在這個時候，琴里眨了眨眼睛。因為四糸乃連身泳裝的肚子一帶裂了開來，露出她可愛的肚臍。

「四糸乃，妳那邊。」

「是的，什麼事——啊！」

經琴里提醒，四糸乃這才終於發現的樣子。她低頭俯視自己的肚子，發出驚訝的聲音。

「哎呀呀……不小心在哪裡勾破了吧。去換一件泳裝比較好吧？」

「啊……沒關係。泳裝的話……」

聽見琴里說的話，四糸乃如此回答，慢慢將手搭在泳裝的肩帶上，然後直接往下拉。

「等……等一下，四糸乃！」

即使琴里慌慌張張地想要阻止也為時已晚。四糸乃和「四系奈」同心協力將泳裝拉到腰際。四糸乃原本隱藏在連身泳裝下的白皙肌膚暴露在戶外的空氣之中。

「……咦？」

然而——琴里眨了眨眼。

因為四糸乃的泳裝底下穿了另一件平口式比基尼泳裝。

「四糸乃，妳那是……」

「對……是四系奈說保險起見，最好再穿一件……」

「她所說的保險起見……應該不是指泳裝破掉的情況吧。」

「呃……呃……那個……對。」

四糸乃露出難為情的樣子，臉頰泛紅、縮起肩膀。

那一瞬間，耳麥響起興奮數值突破九十的吹奏樂曲。

「……！」

四糸乃大吃一驚地望向士道，發現士道露出極其興致勃勃的眼神，凝視著將泳裝脫到一半的四糸乃。他將手抵在下巴，不時像個美術評論家一樣輕輕點著頭。

「那……那個……」

或許是察覺到士道的視線，四糸乃的臉蛋更加通紅了。

「……四糸乃……真是個狠角色。」

琴里語帶戰慄地呢喃。

第四章　宴會時間

「什麼……」

艾蓮站在高地上放眼望去，能將偵測到奇妙靈波反應、位於天宮市近郊森林裡的神祕設施一覽無遺。此時，她驚愕地瞪大了雙眼。

不過，那也是理所當然的事。因為她派去攻擊設施的二十架〈幻獸・邦德思基〉先遣部隊，全被從設施中釋放出來的神祕光線給破壞殆盡。

『──〈幻獸・邦德思基〉隊，全數消滅……！』

『好……好驚人的靈力數值……！』

搭載CR-Unit的通訊機響起操作人員的聲音。艾蓮憤恨不平地皺起眉頭──但隨後改變念頭，從鼻間哼了一聲。

「……原來如此。看來果然不是單純的設施呢。」

她盤起胳膊，兵裝發出碰撞聲。

艾蓮現在穿的並非白天的那種大衣，而是冠上王者之名的銀白色CR-Unit〈潘德拉剛(Pendragon)〉。

那是為了人類最強巫師艾蓮量身打造的最強鎧甲，亦是最強之劍。穿上這身戰袍的艾蓮將所向無敵，更別說連巫師都不是的五河士道，想必不用動到一根手指就能令他俯首稱臣吧。

「……」

艾蓮思考著這件事的同時，回想起白天的失態。她不耐煩地用手指敲打手肘，對〈幻獸・邦德思基〉們下達指示。

「第二隊，準備出發。接下來我也會上場。注意對空砲擊。」

『是！』

通訊機響起操作人員的聲音回應艾蓮說的話。站在艾蓮背後待命的〈幻獸・邦德思基〉隊舉起武器，依序飛向天空。

然而——就在這個時候……

「……！」

艾蓮的視野裡出現了一條光束，隨後先行出發的三架〈幻獸・邦德思基〉的頭部便在一瞬間爆炸四散。

「這是——」

艾蓮低喃，半下意識地將手伸向背上的高輸出功率光劍〈王者之劍〉(Caledfwlch)的劍柄，然後拔出劍，在魔力形成光刃的同時，朝出現在眼前的影子一揮而下。

瞬間，周圍散發出強烈的魔力光。
「——真那。」
「不愧是艾蓮，沒那麼輕易就被我打敗呢。」
艾蓮呼喚某個名字後，轉瞬間便現身在她眼前的少女揚起嘴角，跳向後方。
那是一名綁著馬尾的年輕少女。然而，她身上穿著的漆黑蒼藍CR-Unit卻顯示出她非比尋常的經歷。
崇宮真那。五河士道的親生妹妹，同時也是前DEM排名第二的巫師。
「沒想到妳竟然會出現呢。」
「聽見這是攸關哥哥的重大事件，我怎麼能坐視不管呢。抱歉啊，既然我出馬，就不會讓妳稱心如意，艾蓮。」
真那挑釁般地說道。於是，艾蓮一臉不悅地皺起眉頭。
「……你們兄妹倆真的很會惹我不開心呢。事到如今，說這種話也於事無補。『當時』果然應該殺了妳才對。受不了，艾克的嗜好還真是令人傷腦筋呢。」
艾蓮說完，真那便納悶地皺起眉頭。
「……當時？妳在說什麼屁話啊？」
「妳說呢？」

「哼……算了。總之，我不會讓妳通過這裡。」

真那說著舉起裝戴在右手的劍，指向艾蓮。

艾蓮輕輕哼了一聲後，將〈王者之劍〉的劍尖朝向真那，做出回應。

◇

在四糸乃令士道心跳加速後，一群精靈便在室內游泳池設施的一角舉行臨時會議，而這個室內游泳池則因為〈幻獸．邦德思基〉的攻擊和士道的奧義．瞬閃轟爆破的摧殘之下，陷入即將崩塌的狀態。

「——很好，雖然有敵人來搞破壞，但這下子四糸乃也成功攻下士道的芳心了。只剩下四個人了！」

琴里說完的同時，其他精靈也跟著「喔喔！」地歡呼起來。

「嗯，很順利嘛。」

「不過，接下來才是問題。反過來思考的話，才只有一半的人過關。再加上，上空還有艾蓮．梅瑟斯存在。令音他們的團隊正在對付敵人，所以接下來無法期待能得到支援。」

「唔……這也是個問題啦，但更基本的問題在於——」

美九豎起一根手指抵在下巴，環顧四周。

「總覺得剛才還是南國的樂園，現在變成紛亂地帶了呢……在這種地方，要怎麼讓達令臉紅心跳啊～～」

美九說的沒錯。〈拉塔托斯克〉精心準備的特別設施，因為DEM的襲擊而毀於一旦。在不知道牆壁何時會倒塌的情況下，根本沒有心情魅惑士道。

不過，琴里像是在表達不用擔心似的搖了搖頭。

「放心吧。關於這一點，我早有應變之道。剛才我已經命人啟動第二順位設施，應該已經準備完畢了才對。」

「第二……？那是什麼？」

十香一臉疑惑地問道。不對，不只十香，其他精靈也絲毫沒有頭緒的樣子。

「妳們看吧。」

琴里含住右手的手指，「嗶————」的一聲吹出口哨。

於是，建築物的牆壁彷彿做出回應般發出轟隆隆……的聲音，開始震動。

所有人一瞬間還以為上空又開始展開攻擊，但似乎立刻便察覺和剛才的巨響不同。一群人東張西望地環顧四周，露出驚愕的表情。

這也難怪。因為原本顯現出藍天的牆壁開始變形，隱約營造出南國風情的椰子樹露出金屬部分的樹根，並且改變形狀，游泳池的水以驚人的速度排出，整個地面宛如電梯一般開始下沉。

「喔……喔喔！」

在地面往下移動數公尺後，天花板宛如避難所一般蓋上厚實的蓋子，人造沙灘工整地被分割成兩半，從下方顯現出胭脂色的地毯。

不僅如此，響起機械驅動音的同時，照明設備一個個開啟，桌子從地板下逐漸上升，燦爛奪目的裝飾接二連三地布置完成。接著，一群穿著男女晚禮服的臨時演員分散在四周，有的演奏樂器；有的開始服務；有的則是開始暢談上流社會的話題。

不到數分鐘，那裡便轉變成時尚的宴會廳。

「這……這是怎麼回事！」

「哦……！挺豪華的嘛。而且，這種機械感……令人好興奮啊！」

「首肯。變形是一種浪漫。」

「……嗚哇，好厲害。根本不需要我的能力嘛……」

精靈們紛紛發出讚嘆聲。

不過，還稍嫌美中不足。因為在這奢華的空間，琴里等人的泳裝打扮實在是太不適合這個場所了。

「——更衣隊！」

「是，立刻到！」

琴里大喊後，好幾名女性工作人員便奔向精靈們的身邊。

「妳……妳們要幹嘛！」

「好了，請跟我們來。」

女性工作人員帶領精靈們前往設置在大廳角落的簾幕裡。

數分鐘後——

在拉開簾幕的同時，身穿美麗禮服的精靈們便現身在宴會廳。

「喔喔，這是！」

「好棒……」

「呀！大家好漂亮喲！」

美九看著大家的身影，不停地扭動著腰。

琴里赫然攤開雙手，高聲宣言：

「這就是虜獲士道芳心的第二順位場地，高雅風！好了，各位，用優雅的淑女手段讓士道迷戀上我們吧！」

所有人舉起拳頭回應：「喔！」雖然這個舉動不怎麼淑女，但現在重要的並非瑣碎的禮儀問題，而是想要拯救士道的心。

琴里扠著腰挺起胸膛。

「很好。那麼，就讓我先示範給妳們看吧。」

琴里轉過身說道，身上的裙襬隨風飛揚。於是，所有人點了點頭。

折紙豎起大拇指目送琴里。

「祝妳好運。」

「嗯，謝謝。」

琴里「喀喀」地踩著高跟鞋走向士道，直接站在他的面前。

「喔，終於換妳登場啦，司令官大人。」

士道臉上浮現微笑，打趣似的說道。順帶一提，士道的服裝也和琴里她們一樣，從泳裝更換成瀟灑的晚禮服。

琴里環抱著手臂，從鼻間哼了一聲。

「是啊。我想說你在不習慣的宴會廳裡會感到驚慌失措。」

「那還真是多謝妳的關心了。」

士道打趣似的聳聳肩。

「那麼，妳到底打算做什麼呢？」

然後十分感興趣似的如此說道。琴里鬆開環抱的雙臂，將右手高舉過頭，「啪！」地彈了一個清脆的響指。

原本在大廳內演奏音樂的演奏者們便配合這個舉動，轉換成演奏曲調優美的音樂。

然後，原本在四周談天說笑的機構人員們自然地男女組成一對，配合著那首曲子跳起舞來。

看見突然展開的有如電影般的光景，士道驚訝地瞪大了雙眼。

「喔喔，這真是太棒了。真的好像宴會一樣。」

「士道。」

他說完露出天真的神情，眼睛閃閃發光。看著這樣的士道，琴里無奈地嘆了一口氣。

「嗯，幹嘛？」

「——在這種情況下，你該不會要讓女孩子先開口吧？」

琴里瞇起眼說完，士道便像是立刻察覺到琴里的意圖般輕聲笑道：

「啊……妳說的對。」

他向琴里行了一個禮，同時伸出手。

「這位美麗的小姐，妳願意跟我跳支舞嗎？」

「做得很好。」

琴里微微一笑回答他，接著牽起他的手，彎下膝蓋。

兩人視線相交後，走向所有人正在跳舞的舞池。

不過，在兩人站到大廳中心時，士道開口說道：

「琴里，我人都來到這裡了才說這種話有點不好意思，但我有一個煩惱。」

「什麼煩惱？」

「哥哥我從來沒跳過舞。」

「……」

哎，這也無可厚非。雖然現在的士道因為發燒和靈力的關係，行為舉動變得非常像花花公子，但總不可能連沒學過的東西都變得得心應手。

「沒關係，這點小事我早就預料到了。總之，你的左手先輕輕握住我的右手。」

「這樣嗎？」

「對。然後，這次用你的右手摟住我的腰。」

「我知道了。」

士道坦率地點點頭後，將右手伸向琴里的腰際。不過就在這個時候，士道用手指在琴里的背上畫圈圈。

「呀！」

「啊哈哈，琴里，妳這不是能發出可愛的聲音嗎？」

「……我說你啊。」

琴里臉頰泛紅，狠狠地瞪了士道一眼。士道輕鬆地笑道：

「抱歉、抱歉，別那麼惡狠狠地瞪著我嘛。」

「……真是的。我來領舞，你試著配合曲子移動身體看看。」

「嗯，我知道了。」

士道輕輕點了點頭，一邊感受曲子和琴里的動作一邊踏著舞步。

「很好，有節奏一點。一、二、三、一、二、三。」

「喂、喂，妳不要一直頂我啦。我知道妳很想緊貼著我的身體。」

「誰……誰想啊！少廢話，快點跳！」

琴里羞紅了臉，放聲大叫。不過……跳舞確實得緊貼著對方的身體才行，這也是讓士道內心小鹿亂撞的其中一種方法。但是——被本人指出來後，總覺得超級難為情的。

不過，要是自己緊張就本末倒置了。琴里裝作一副鎮定的樣子，再將身體緊緊靠向士道。感受著彼此的氣息，配合優雅的曲調，環繞整個大廳跳舞。

雖然一開始動作有些生硬，但經過幾分鐘後，士道也已經習慣了舞步，步伐越跳越放得開。

「對、對，你學得很快嘛。」

「哈哈，是老師教得好吧。」

「是啊，沒錯。我想不到其他原因了。」

「妳好歹也謙虛一點吧。」

士道打趣似的說道，並且凝視琴里的雙眼。

「不過，我有點驚訝呢。妳是什麼時候學會跳舞的？」

「這是淑女的嗜好啊。正所謂士別三日，刮目相待……你不覺得用在女生身上也是同樣的道理嗎？」

琴里說完，像是在挑逗士道似的抬起眼，露出含情脈脈的眼神。

「我也不會永遠都是個孩子。你要是一個不留意，可是會被我拋在後頭喔，『哥哥』。」

「──────」

聽見琴里說的話，士道一瞬間倒抽了一口氣似的一雙眼睛瞪得老大。

然後，從鼻間噴出氣息。

「哈哈哈……真是敗給妳了。沒想到琴里會用這種方式讓我感到怦然心動啊。」

「你說這話很令人在意耶……等一下，士道，你剛才說了什麼？」

琴里不由自主地停下跳舞的腳步，反問士道。因為士道剛才說了無法左耳進右耳出的話。

於是那一瞬間，耳麥慢半拍地響起吹奏樂曲。

士道應該不可能會聽見，但他卻表現出一副悠然的態度露出微笑，清清楚楚地重複一遍：

「我說……我心動了。不愧是琴里，敗給妳了。」

「……！」

士道表現出落落大方的態度，筆直地凝視著琴里說道，令琴里羞紅了臉。琴里微微移開視線，逞強地挺起胸膛。

「哼……哼……那是當然的呀。讓士道怦然心動，對我來說根本是易如反掌。」

「是啊，我萬萬沒想到妳竟然會以成熟的作風對我展開攻勢呢。我被妳的反差給征服了。當妳催促我邀請妳跳舞時，我還以為妳肯定會在跳舞的時候狠狠地滑一跤，讓裙底風光一覽無遺，對我露出妳那後面印有圖案的內褲來讓我心跳加速呢。」

「你也未免太小看我了吧！而且，我早就沒在穿後面印有圖案的內褲了啦！」

「我知道，我開玩笑的啦，開玩笑的。」

士道笑著說了。琴里嘆了一口氣回答：「……真受不了你耶。」

「……總之，既然你已經怦然心動，就代表我達成了條件吧？」

「是啊，當然。真期待今晚十二點的來臨呢，我的灰姑娘。」

士道在琴里的手背上留下一吻。對於士道突如其來的舉動，琴里慌亂得眼珠子直打轉。

「你……你幹嘛……！」

「嗯？妳的臉很紅耶。我以為成熟的琴里應該不會因為這點小事而動搖呢。」

「——那……那還用說嗎！這點程度的吻，根本是打招呼嘛、打招呼！」

琴里氣勢凜然、逞強地說道後，士道便揚起嘴角，故意逗弄琴里。

「就是說啊。仔細想想，我們在五年前和今年六月，總共接過兩次吻了嘛。現在才不會因為親吻手背就感到慌亂嘛。」

「那……那是當然的啊。都已經……親過兩次了嘛。」

琴里說是這麼說，卻感覺到自己的臉頰逐漸發燙。兩次。沒錯，琴里和士道已經接過兩次吻了。琴里當然也記得一清二楚，但再次認清這個事實後，心臟還是不聽使喚地開始撲通撲通地小鹿亂撞。

士道彷彿看穿琴里內心的悸動般微微一笑，將嘴唇湊近琴里的耳畔發出低喃：

「琴里也不可能永遠都是孩子……第三次，來場成熟大人的親吻吧。」

「咦！」

聽見隨著搔癢耳朵的氣息一起吐出的這句話，琴里發出高八度的聲音說：

「成……成熟大人的……親文……？」

由於太過震驚，琴里說話口齒不清。親吻，成熟大人的親吻。她知道這句話代表的含意，也擁有那是指何種方式的知識。但是，五年前自然不用說，就連半年前的親吻也只是唇與唇輕輕觸碰，所以琴里在內心某處總以為今晚十二點和士道的親吻也跟以往一樣。不過，咦！騙人，那是怎樣？竟然說要來場成熟大人的吻。是可以啦，但她還需要多一點心理準備——

「——啊嗯。」

就在琴里的思考快要超出負荷的時候，士道突然用嘴脣輕抿琴里的耳垂。

「唔噫呀！」

面對突如其來的事態，琴里跳了起來。或許是看到這幅情景，士道發出「啊哈哈」的笑聲。

「對琴里來說，果然還是太早了吧？」

「唔……唔……」

琴里一臉懊悔，但又覺得有些鬆了一口氣地瞪視士道。

◇

「琴里！幹得好耶！」

美九發出精力充沛的聲音前來迎接琴里，至今紅潮尚未從臉頰退去的琴里輕輕抬起手回應：

「……嗯，還行啦。」

「嗯，琴里，妳很厲害喔！」

「好美的……舞步。」

「嗯……謝謝妳們。」

琴里輕輕點了點頭，回應各自說著的精靈們。不過——

「只有琴里一個人是成熟大人的親吻，太不公平了。」

折紙輕聲說著的瞬間，琴里彷彿回想起與士道剛才的對話，臉頰逐漸發燙。

「就……就說了！那只是士道隨便說說的啦……！」

「好了、好了，請冷靜一點啦～～對了，接下來換人家上場可以嗎？」

美九將手擱在琴里的肩上安撫她（順便在她的脖子吹氣，揉捏她的屁股）如此說完，琴里便發出「噫！」的一聲屏住呼吸，瞪大雙眼。

「……嗯……嗯，當然可以啊。」

「謝謝～～所以，我有一些想法，可以拜託〈拉塔托斯克〉的人幫我嗎？」

美九像是要說悄悄話似的用手遮住嘴角後，琴里便有些警戒地將耳朵湊近。美九壓低聲音說明內容。

「……大概是這種感覺～～」

「原來如此，我明白了。我請他們準備，時機到了的話就打個暗號給他們。」

「好的！謝謝妳～～」

美九精神百倍地說完，在琴里的耳朵吹了一口氣。

「啊噫呀！」

「呵呵呵，那麼各位，人家要上場嘍～～」

「妳……妳這個混帳……！」

琴里按住耳朵發出高亢的聲音。美九掩住嘴角秀氣地笑了笑，故作姿態地行了一個禮後，踏著優雅的步伐走向士道。

「——來了～～多謝你的指名，達令。人家是你的美九喲～～」

美九來到士道的面前，轉了一個圈，裙襬隨風飄揚，抖動著胸部擺出姿勢。其實士道並沒有指名她，會這麼說只是營造氣氛罷了。

「喔，接下來是美九啊。哈哈，妳穿禮服也很漂亮呢。」

「謝謝你的誇獎～～呵呵呵，達令也很帥喲～～不過，你穿起像我們這種女生的晚禮服，應該也很適合吧？你還能使用七罪的能力嗎？要不要變身成士織，和人家一樣穿晚禮服呢？」

「嗯，應該還能使用吧。不過，我真的可以變身嗎？要是士織穿了那種服裝，妳可能會噴鼻血喔。」

士道裝腔作勢地說道。於是，美九不禁扭動身軀。

「這是人家的願望！就算會因此失血過多身亡，只要能在臨終的瞬間看見士織穿著性感的晚禮服，人家此生就無悔了！最好是大露背裝！」

美九眼睛閃閃發光，熱情地訴說後，士道便摸摸美九的頭安撫她。

「哈哈，那真是我的榮幸。不過，要是因為這種事情失去世界偶像，我可是會被妳的粉絲們追殺啊。不對——在那之前，如果美九真的因為這種原因死掉，我只好流著眼淚隨後和妳共赴黃泉了。」

「達令……！你竟然那麼重視人家……！」

聽見士道說的話，美九摀住嘴巴，淚眼汪汪。

『……每次都這樣，美九，妳到底在幹什麼啊？』

就在美九深受感動的時候，右耳的耳麥傳來某人的聲音。美九轉過身背對士道，輕聲回答：

「怎麼辦，琴里？人家完全可以跟達令葬在同一個墳墓，但人家還是希望達令可以安享天年。但不知道人家的毛細血管有沒有辦法忍受士織帶來的衝擊……」

『就說了，妳到底在說什麼啊？我不是說過沒有時間了嗎！』

琴里發出尖銳的聲音。於是，美九搔了搔臉頰。

「啊，對喔。對不起，琴里。跟感覺有點浪漫的達令聊天，不知不覺就……」

『真是的……振作一點啦。妳真的沒問題嗎？』

「沒問題，請交給我吧。那麼，我差不多該展開攻勢嘍～～」

美九小聲如此說道，面帶微笑重新面向士道。

「事情就是這樣，達令。雖然機會難得，但時間所剩無幾，人家就立刻讓達令你內心小鹿亂

撞吧。」

「哦？妳還滿有自信的嘛。妳到底打算怎麼做呢？」

士道興致勃勃地說了。美九臉上綻放微笑，回過頭放聲吶喊：

「——那麼，各位，麻煩你們嘍！」

於是，在美九的一聲號令之下，手持樂器的演奏家和一群穿著華美服裝的女性便現身於設置在大廳內側的舞臺上，舞臺中央擺放了一支閃耀著銀色光芒的直立式麥克風。

美九確認完畢後，便「喀喀」地踩著高跟鞋走上臺，站在麥克風前。

瞬間，大廳內的照明全部熄滅，聚光燈打在美九身上。大廳內的觀眾同時鼓掌歡呼。

美九等待掌聲停下來後，瞥了後方一眼，以視線暗示演奏者奏樂。

演奏者們輕輕點了點頭，開始演奏爵士曲調。

美九配合著那首曲子用身體打著節奏，撫上直立式麥克風——發出甜美的聲音開始唱歌。

「————」

充滿個性的曲調搭配上英文歌詞，與美九身為偶像時所唱的歌曲截然不同。

不過，蘊含在歌聲裡的情意卻絲毫未曾改變。這是一首甜死人不償命的愛之歌。

沒錯。當美九聽見士道提出令他怦然心動的條件時，她所想到的方法就只有一種。

美九將麥克風從直立式麥克風架上拿下來後，以嬌媚的步伐在舞臺上大步行走，走近一名配合著曲調跳舞的女性，用手指撫弄她的下巴，對士道投以挑逗的視線。

配合著美九的舉動，聚光燈便打在士道的身上。士道深感意外地瞪大了雙眼。

「呵呵！」

美九露出嫵媚的微笑後，配合歌曲的伴奏走下舞臺，朝士道靠近。聚集在美九身上的聚光燈和舞群跟著朝大廳移動。

接著，美九來到士道的眼前，牽起他的手帶領著他移動。士道雖然面露些許驚訝的神情，但還是跟著美九移動。

前往的地方不知在何時準備好了一張大沙發，宛如只有那一角呈現出酒吧般的風情。

美九讓士道坐到沙發上，慢慢地側身坐到他的大腿上，開始唱起歌曲的後半段。

「————，————」

她配合著曲調一邊吐著甜蜜的氣息，撫弄士道的臉頰，並用指尖戳了戳他的鼻尖。士道哈哈苦笑。

然後乘勝追擊般，身穿華麗服裝的女舞群現身在士道的兩旁和後方。從旁人的眼裡看來，就像是極盡奢侈、沉溺於享樂之中的某國放蕩王子。

但現場最陶醉的人，無疑是美九。因為她在一群美麗女性的包圍之下，坐在最愛的士道腿上唱著歌。這種夢幻般的情景，就算隨後在床上清醒過來也不足為奇。

「————」

美九發出更添性感的聲音唱完歌曲——

最後伸出手指向士道，發出「砰」的一聲，做出射擊心臟的動作。

「Darling——I love you.」

美九說完這句話，對士道眨了一下眼。

「……！」

於是那一瞬間，士道雙眼圓睜——美九的右耳響起吹奏樂曲。

「呵呵呵，你好像心動了呢，達令。」

「是啊……看來是這樣沒錯呢。被這種正攻法攻陷心房，有點不甘心啊。」

士道苦笑著如此說道。美九面帶微笑，用指尖觸摸士道的嘴唇。

「沒這回事喲。你忘了嗎？人家可是比達令大一歲的姊姊喲～偶爾讓人家玩弄於股掌之間有什麼關係嘛。」

美九如此說完，士道便輕聲笑了笑，舉起手表示投降。

◇

「…………啊！」

在離士道和美九不遠處觀看這一連串事情的精靈們慢了一拍才赫然回過神來。

「總覺得……好厲害啊。」

「唔……嗯……」

「……對了，美九是歌手嗎？我還以為她鐵定是擄走夜貓族女生的妖怪呢。」

「七罪……」

聽見七罪說的話，四糸乃露出苦笑。琴里清了清喉嚨改變話題：

「總之，這下子就有六人過關了，還剩下兩人。接下來換——」

「——讓我上場吧。」

在琴里把話說完之前，折紙猛然舉起手。琴里不知為何露出些許不安的表情。

「折紙啊……嗯，我沒有意見，不過請妳千萬要搞清楚喔，士道所說的『怦然心動』是指對女孩子可愛的言行舉止感到心動，可不是突然脫他衣服或是偷襲他喔。」

「我知道。」

「還有，接吻終究是在今晚十二點。要是讓士道逃跑就傷腦筋了，妳可別想強吻他喔。」

「沒問題。」

「但也不是說只要不是接吻就可以，也不能做出超越親吻的事情喔。」

「…………」

「妳為什麼不說話！」

「開個小玩笑。」

「……唔。」

折紙邁開步伐，裙襬隨風飄揚。她丟下至今仍面有難色的琴里不管，走向士道。

在途中與一臉依依不捨離開士道身邊的美九擦肩而過。

「哎呀？」

美九望向折紙，像是在為她加油似的對她眨眨眼，並且揮了揮手。

「…………」

兩人擦身而過的瞬間，折紙接棒似的拍了一下美九的手。美九可能因而感到開心，只見她當場發出尖叫聲，扭動著身軀。

折紙聽著背後傳來的尖叫聲，邁步前進，來到悠然坐在沙發上的士道身邊。

「——士道。」

「喔喔，是折紙啊。我還是第一次看妳穿晚禮服呢。」

折紙出聲搭話後，穿著男士晚禮服的士道便笑著如此回答。有點帥氣過頭了。雖然士道給人強烈的中性印象，但像這樣穿上正式的服裝，看起來比平常成熟了一些。那副模樣既高雅又紳士，宛如一隻蠱惑淑女的邪魅野狼。

折紙半下意識地用右手撫上自己的腿。因為換衣服時，她在自己右腿上的腿掛式槍套安裝了一臺小型數位照相機。當然，相機早已開啟電源。憑折紙的技術，勢必能在一瞬間拍下士道的姿態吧。

然而——

「……？」

折紙皺起了眉頭。伸向腿的右手突然被制止。

她一時之間還以為是〈拉塔托斯克〉的機構人員或是尾隨她的琴里幹的好事，然而——並非如此。抓住折紙右手腕的，正是折紙自己的左手。

沒錯。彷彿在妨礙折紙的行動。

「這是……」

面對這莫名的現象，折紙露出疑惑的神情。不過，她立刻便得知了原因所在。是折紙內心萌生出偷拍是不好的行為這種想法阻撓了她的行動。

該怎麼說呢？就像是腦海裡同時有天使和惡魔在爭論的感覺。

當然肉眼是看不見啦，不過有一個容貌長得像折紙的小天使拍打著翅膀現身在折紙面前的想像畫面，在腦海裡展開。

（士道穿男士晚禮服的模樣很珍貴，無論如何都必須拍下來。）

相反的，又有一個容貌長得像折紙的惡魔（不知為何，這個折紙是長髮造型）現身在腦海。

（不……不可以啦。要是在這時嚇跑士道，大家的努力就付諸流水了。）

（別擔心。士道很溫柔，不會因為這點小事就嚇到。）

（或許是這樣沒錯，但重點不在這裡……！）

不知為何，感覺天使和惡魔的角色好像對調了。總之，兩個折紙在腦海裡展開激烈的爭執。

就在這個時候，士道或許是察覺到折紙的異樣，一臉納悶地歪了歪頭。

「折紙？妳在做什麼啊？」

「……沒什麼。」

錯失良機了。折紙放鬆手的力量後，輕輕嘆了一口氣。

在左手鬆開的時候，折紙再次將右手伸向照相機，但又遭到制止。對手是自己的話，看來是無隙可乘了啊。

「折紙……？」

「沒事。什麼問題都沒有。」

折紙如此回應再次詢問她的士道後，移動到他的身旁。

「我可以坐下嗎？」

「當然可以。」

士道如此說完，催促著折紙坐到自己身邊。折紙以極其優雅的舉止坐下，然後望向士道，做出舉杯的動作。

「難得有這個機會，要不要來乾杯？」

「好啊，這個主意不錯呢。」

聽見折紙的提議，士道點了點頭並舉起手。扮演服務生的〈拉塔托斯克〉機構人員快步走來，恭敬地行了一個禮。

「讓您久等了。」

「我們想乾杯，可以給我們來杯飲料嗎？折紙，妳想喝什麼？」

「香檳王。」

折紙面不改色地說完，右耳的耳麥便傳來琴里的聲音。

『……那不是酒嗎！……真的是，改喝Chanmery。』

所謂的Chanmery，是口感類似香檳的無酒精碳酸飲料。想必服務生也透過了耳麥聽到了這句話吧。琴里無奈地下達指示後，服務生便回答「立刻送來」然後離去。

隨後拿著銀色托盤回來，托盤上放著Chanmery和高腳酒杯。

「請用。」

服務生將酒杯擺到桌上，倒入Chammery後如此說道。酒杯中發出氣泡聲的液體沐浴在水晶吊燈的光輝下，散發出不可思議的光芒。

「那麼，折紙。」

士道伸出手，打算拿起酒杯。

「等一下，士道，那是什麼？」

不過，折紙指向前方，打斷他的動作。

「嗯？妳說哪個？」

「那個。再上面一點。」

折紙一邊說著一邊將右手伸進懷裡。接著，拿出暗藏在懷裡的小藥包，打算以迅雷不及掩耳的速度將藥粉倒入士道的酒杯裡。

不過就在這個時候，折紙的腦海裡和剛才一樣，又出現了天使與惡魔。左手捏住藥包的一角，制止了右手的動作。

（放開，這是個好機會。只要讓他喝下這個，也可能當場就跟他來個成熟大人的親吻。）

（冷靜點啦！琴里不是跟妳說過，不可以強吻他嗎！）

（我當然記得。我不打算違背這句話。）

（既然如此——）

（如果是士道主動，應該就沒問題了吧。）

（這是什麼藥啊啊啊啊啊啊！）

在惡魔高聲吶喊的同時，左手的抵抗力增強。包裹住藥粉的輕薄藥包紙因為兩側拉扯的力量而破裂，白色的粉末飛散四周。

「唔——」

「到底是什麼啊，折紙？我什麼都沒看到耶。」

「……是我看錯了。」

折紙咬牙切齒地說完，士道便露出疑惑的表情望向折紙。

「還真是難得呢……算了。總之，我們來乾杯吧。」

「……」

折紙點了點頭，和士道一起拿起酒杯。

「乾杯。」

「乾杯。」

然後，讓酒杯互相親吻，發出清脆的聲音。

折紙用嘴觸碰酒杯的杯緣，啜飲了一口Channery。暢快的氣泡刺激感通過喉嚨。

和士道互相乾杯，飲用。光憑這樣的動作，小孩喝的飲料便搖身一變成了至高無上的美味。

話雖如此，還是無法否定打亂了整個計畫的事實。照理來說，喝下這杯飲料的士道不到數分鐘就會變身成滿月之夜的狼人，放縱情欲，索求折紙的身體才對。然而……失敗惹也素無可奈何的速。總朱，採豈下一溝……

「…………」

一股視野搖晃的莫名感覺侵襲折紙，令她倚靠在士道的身上。

「嗯，妳怎麼啦，折紙？」

「……我好像……有點……喝醉惹……」

「喂、喂，這是Chanmery耶。」

士道露出苦笑。折紙剛才喝下的，的確是無酒精飲料，沒道理會喝醉。除非加了什麼奇怪的東西──

「…………」

就在這個時候，折紙回想起她在乾杯的前一刻弄撒祕密藥粉的事情。搞不好當時有微量的藥粉撒進了折紙的酒杯。

──大事不妙，非常不妙。明明必須讓士道小鹿亂撞，憑這樣的狀態……

「……『五河同學』……」

在朦朧的意識中，折紙聽見自己的嘴裡發出這樣的聲音。

「嗯？折紙，妳怎麼了，怎麼突然這麼叫我？」

「說起來……五河同學也真是的……為什麼長得那麼帥呢？害我……失去了理智，想要偷拍你的照片……」

「折紙？妳在說什麼啊……？」

士道發出納悶的聲音，但折紙已經無法克制，如潰堤的水壩般滔滔不絕地說：

「……一想到五河同學，我的心就輕飄飄的……但是又有一點痛苦——該怎麼說呢……」

折紙依偎著士道接著說：

「五河同學……我喜歡你……最喜歡了。喜歡到……無可救藥。」

「……折紙——」

士道發出誠懇的聲音呼喚折紙的名字。

——同時，折紙似乎聽見右耳傳來吹奏樂曲的聲音。但現在的她並不怎麼理解這個聲音代表的含意。

◇

從涅里爾島出發的DEM Industry運輸機保持著高度順利航行。

雖然在即將駛離小島的時候遭受精靈的襲擊，暫時陷入緊急狀態，但之後並沒有發生什麼大問題。照這樣下去，勢必能在預定的時間抵達目的地吧。

就在駕駛員諾克斯思考著這種事情的時候，通訊機突然傳來聲音。

『——這裡是管制室。DF0806。DF0806，請回答。』

「是，這裡是DF0806。」

『請改變航線。繞過E139地點。』

「改變航線？」

諾克斯如此說道，並與副駕駛巴頓對視。

「發生什麼事了嗎？」

『預定航線上，有疑似〈拉塔托斯克〉巫師的敵人正在和梅瑟斯執行部長對戰。保險起見，還是請你們改變航線，畢竟絕不能出差錯。』

聽見管制室的通訊，諾克斯一臉疑惑。

「對戰？在這種地方嗎？」

『是的。麻煩請複述一次。』

諾克斯以為自己已經詢問對方為什麼在這種地方會發生戰鬥，但管制官並未回答，只是如此催促。真是不懂得變通的傢伙。

「了解。DF0806改變預定航線，繞過E139地點，前往目的地。」

諾克斯如此回答後，管制官便開口說出：『通訊完畢。』然後切斷了通訊。

「……你也聽到了吧，要改變航線嘍。」

「了解……話說回來，還真是謹慎呢。就算是巫師之間的戰鬥，也不可能在這種高度進行吧。果然是因為運送的貨物特別重要吧。」

巴頓聳了聳肩說道。

他所說的話也不無道理，但諾克斯卻靜靜地搖了搖頭。

「那是最大的理由吧……但理由不只如此。你聽到了吧，應戰的人是梅瑟斯。如果是普通的巫師開戰倒還無所謂，但如果是那位大姊出馬，事情就另當別論了。要是優雅地在天空飛行，有可能會被下方飛來的長矛刺殺呢。」

「怎……怎麼可能……」

就在巴頓額頭浮現汗水如此說道的瞬間——

駕駛艙的儀器突然顯示出異常的數值，開始響起警報音。

緊接著，宛如被什麼東西追撞一樣，運輸機劇烈地震動。

「！這是……怎麼一回事！」

「該……該不會是中了梅瑟斯執行部長的流彈吧……！」

「笨蛋，再怎麼樣也不會飛到這裡來吧！基本上這……不是巫師，而是靈波反應！」

「什麼……！」

聽見諾克斯說的話，巴頓臉色鐵青。

這也難怪。因為這架運輸機在不久之前才剛受到精靈襲擊。

「你是說〈夢魘〉追上來了嗎……！」

「不是……跟剛才那個傢伙的反應不一樣。而且這是……！」

諾克斯屏住呼吸，回頭望向後方。

當然，後方只有諾克斯靠背的座位以及駕駛席的牆壁罷了。

但是，牆壁後方是貨物室，而貨物室中應該裝載著經過好幾道封印處理的「材料A」。

此時巴頓也察覺到了吧。剛才的震動不是來自外部的衝擊，而是來自機內。

「難不成——！不……不會吧！『材料A』應該完全呈現休眠狀態才對……！」

「照理說是這樣沒錯。不過，這個反應……」

話才說到這裡，諾克斯便發現儀器顯示的異常數值。

儀器所顯示的靈波反應，有兩個。

一個位於這架運輸機，而另一個——則是位於剛才管制室下達指示說要繞過的地點。

而這兩個靈波反應宛如互相共鳴似的產生反應。

◇

「很好！」

琴里從不遠處觀察士道和折紙的情況，看見事情來龍去脈，握住拳頭舉起手擺出勝利姿勢。

「一時之間還擔心結果不知道會如何呢，這可說是因禍得福吧。雖然平常離譜的示愛方式也很直接，可能這次用另一種直接的方式表達愛意，產生了反差感吧。」

琴里盤起胳膊，「嗯、嗯」地點了點頭，像是在解說一般說道。順帶一提，折紙在那之後立刻恢復了意識，若無其事地打算繼續對士道展開攻勢，所以琴里命令機構人員，強迫折紙退場。

「這下子有七個人過關了。不過，還不能大意，必須盡早——」

就在這個時候，琴里止住了話語。

——大概是察覺到了吧。察覺到旁邊和琴里一樣窺探士道情況的十香露出十分複雜的表情。

「十香？妳怎麼了？」

「……！」

聽見琴里向她攀談，十香抖了一下肩膀。

「唔……沒有啦，該怎麼說呢……聽見折紙說喜歡士道，我這邊突然感到一陣緊縮……」

十香一邊說著一邊按住胸口一帶。

「我明白該以幫助士道為最優先，沒有餘力去在意這種事情。但是……」

十香一臉不知所措地胡亂搔了搔頭髮。

「我明白……我都明白。為什麼我會有這種心情？明明現在必須盡早幫助士道解除靈力失控的問題，但這份雜念卻停留在腦海揮之不去。」

「十香……」

琴里「呼」地吐了一口氣後，輕輕拍了拍十香的頭。

「……對不起喔。現在請妳忍耐一下。不過，妳的心情不是雜念，是非常正經──珍貴又重要的東西喔。」

「是嗎？」

「是啊。而且我猜我們所有人多多少少都有這樣的心情，所以──才想要幫助士道。」

「唔……是這樣嗎？」

感覺有點懂又有點不懂。不過，十香點了點頭。因為有「這份心情」，才想要幫助士道，唯有這件事令十香莫名地感到認同。

或許是看見十香的模樣而感到安心了，只見琴里說了一聲「很好！」然後拍了拍十香的背。

「那麼，最後換十香妳了。準備好了嗎？」

「……嗯！交給我吧！」

十香精神奕奕地說完，快步走向士道所坐的沙發。

但因為穿著不習慣的禮服和鞋子，走到一半突然絆到腳，跌了一個狗吃屎。

「唔唔！」

「十香！妳沒事吧！」

「唔……我沒事！」

十香揮了揮手回答，搓揉著狠狠撞到地面的臉龐站起身來，這次放慢腳步往前走。

不過，十香並沒有直接走到士道的身邊，而是先繞到其他地方。

放在大廳牆邊的長桌。長桌上擺著令人看了就心情愉悅的豪華美食。

「喔喔……好棒啊！」

而且看樣子這些料理似乎可以隨意取用。十香眼睛閃閃發光，準備了兩個最大的盤子，開始拚命夾取看起來十分美味的食物。

就在這個時候，琴里的聲音透過耳麥傳來。

『喂，十香，妳在幹什麼啊？要吃飯也行，但現在先以士道……』

「嗯，我知道。妳別擔心。」

十香如此回答，拿著兩盤堆得像山一樣高的菜餚走到士道的身邊。

然後「咚」的一聲，在沙發前面的桌子上堆起兩座山。

「喔喔，十香──好大的兩盤菜啊。」

士道見狀瞪大了雙眼。十香挺起胸膛回答：「是啊！」

「你今天從早上開始就什麼都沒吃吧？我想你肚子一定很餓，所以就──」

話才說到一半，十香的肚子便開始咕嚕咕嚕地叫。

「唔……」

肚子居然在絕妙的時間點發出聲音，令十香不禁羞紅了臉。

或許是聽到這個聲音，士道露出驚訝的表情後──忍俊不禁地開始哈哈大笑。

「呵……哈哈，啊哈哈哈！」

「唔……唔……你誤會了啦，我確實也肚子餓了，但不只是因為這樣……」

「呵……呵呵呵……我知道。謝謝妳啊，十香。」

士道擦拭眼角的淚水如此說道，然後拍了一下自己身旁的座位。

「我也跟妳一樣肚子餓扁啦，來吃吧。難得有那麼豐盛的料理。」

「……嗯！」

十香大大地點了點頭後，坐到士道的身旁。

「那麼，我要開動了。」

「嗯，開動——啊，等一下，士道！」

「嗯？怎麼了，十香？」

聽見十香突然大喊，士道歪了歪頭。

十香拿起叉子，叉了一塊烤牛肉遞給士道。

「來，士道，嘴巴張開。」

「喂、喂，服務還真周到呢。那麼，我就恭敬不如從命嘍。」

士道說完，嘴巴大張，一口吃下十香叉給他的烤牛肉。

「怎麼樣！好吃嗎？」

「嗯……很好吃喔。料理本身當然也很美味，但因為是十香餵我吃，美味度倍增喔。」

「唔，是……是這樣嗎？講得我都不好意思了呢。」

十香露出羞怯的笑容，再次用叉子叉了一塊料理。不過，此時士道制止了十香。

「等一下，這次換我來餵妳。來，張開嘴巴。」

士道如此說完，便和十香剛才一樣遞出一塊烤牛肉。

「喔喔！那我就享用嘍。啊……」

十香說著垂下雙眼，張大嘴巴，等待士道叉的烤牛肉。

——然而……

「唔……？」

十香疑惑地皺起眉頭。因為等待了數秒，並沒有料理送進十香的嘴裡——而是聽見「鏘啷」一聲，像是有東西掉落在桌上的聲音。

緊接著，戴在右耳的耳麥傳來琴里焦急的聲音。

『十香！張開眼睛！』

「唔……？」

聽琴里這麼一說，十香打開眼睛。

同時，屏住了呼吸。

因為數秒前理應還在她眼前的士道突然消失了人影。

不過，十香立刻便發現士道並非消失了，而是按著胸口蹲在十香的腳邊。

「士……士道！你還好嗎？你到底怎麼了？」

「唔——啊、啊，啊啊啊啊啊啊啊啊啊！」

就在十香慌慌張張詢問士道的瞬間，士道發出痛苦的聲音，隨後身體發出光芒——釋放出猛烈的衝擊波。

「唔……！」

由於事發突然，十香沒有站穩腳步，輕而易舉地被吹飛。她向後翻滾了數公尺後撞到了桌子，好不容易才停下來。

「十香！妳還好嗎！」

「唔……喔喔，是琴里啊。我沒事。倒是士道呢！」

十香搓揉著疼痛的頭抬起頭。

接著看見全身纏繞著濃密的靈力飄浮在空中的士道。他的服裝從男士晚禮服恢復成原來的制服，大概是解除了變身能力吧。

「士道！」

即使十香高聲吶喊——也沒有得到任何回應。看起來並不像在沉睡，但士道面無表情，眼神呆滯地凝望著虛空。

「琴里，士道究竟是怎麼了！」

「我也不知道……！應該還沒到最後的時限啊！」

當十香和琴里慌亂地尖聲討論時，飄浮在前方的士道出現了變化。

盤繞在士道周圍的靈力發出更強烈的光芒，隨後那道光芒逐漸擴大，包圍住整個設施。

「士道——」

十香的話還沒說完……

——從士道身上發射出的光線搶先一步射穿了宴會廳的天花板。

第五章 精靈之舞

——空中閃過兩道劍光。

一道是艾蓮揮舞的高輸出功率光劍〈王者之劍〉；另一道則是與之短兵相接的真那的兵裝〈Vánargandr〉的〈Wolftail〉。

艾蓮準確地擋下真那從上、下方以及正面釋放而出的攻擊，趁機描繪出一道光之軌跡。真那在千鈞一髮之際閃過不知道是第幾次的劍光，在艾蓮釋放出第二發攻擊前揮下反擊之刃。

「呼——」

以魔力包覆住真劍表面型的〈Wolftail〉，其構造上的最大輸出功率值——簡單來說，就是釋放出一擊的威力，怎麼樣都敵不過利用魔力產生劍刃的光劍型〈王者之劍〉。

不過優點是由於魔力消耗量較少，耐於長時間使用，善於做技巧性的運用。何況，這個世界上本來就沒有人能以單純的魔力輸出功率量勝過艾蓮。既然如此，就不要跟她單純比力氣，而是以攻擊的次數和招式來牽制她才是最適當的解決之道。真那不給艾蓮喘息的時間，繼續對她施展風馳電掣的攻擊。

不過，對手是最強的巫師，不可能如此輕易地被擊敗。她準確地化解、彈開、擋下真那的攻擊。就連真那好不容易突破艾蓮的防禦，她的攻擊還是被牢不可破的隨意領域給阻擋了下來。事實上，真那至今仍未傷到艾蓮一根汗毛。

話雖如此，真那的目的並非在此時此地打倒艾蓮，而是拖延時間，讓琴里等人能夠盡快完成士道的條件。為了給予艾蓮傷害而奮不顧身捨命攻擊是下下之策。真那一邊判定兩者之間最底限的平衡，一邊想辦法延長戰鬥。

照這個情況應該能達成目的，順利爭取到時間。接下來，只要琴里等人能想辦法解決士道靈力失控的問題——

然而，就在那一瞬間——

位於真那下方的〈拉塔托斯克〉設施突然發出光芒，緊接著一道光線射向空中，強烈的衝擊波攻擊真那的背部。

「……什麼！」

真那不禁瞪大了雙眼。雖然因為展開隨意領域的關係，真那並沒有被擊飛，但因為這瞬間發生的事態，真那的注意力一時集中到背後——結果，露出剎那間的破綻。

這一剎那的時間對真那所對付的對手來說，是足以給予敵人致命一擊的時間。

「破綻百出呢。」

「唔──」

一陣衝擊。雖然真那好不容易防禦了下來，卻無法完全抵銷它的威力。真那的身體宛如擊出的殺球一般，朝地面墜落。

「唔唔……！」

真那施展出隨意領域來降低著地的衝擊，來到了地面。地面宛如被一顆無形的球體擠壓似的歪斜扭曲。

「唔，真有妳的……話說回來，剛才的那道光線究竟是……」

真那謹慎地警戒著上空，大略觀察周遭的情況。然後，輕輕屏住了呼吸。

這也難怪。因為全身散發出靈力光芒的士道就飄浮在被擊落到地面的真那附近。

「哥哥！」

真那顫抖著，士道緩緩望向真那。

他以宛如聞到了什麼藥，意識朦朧的呆滯眼神望著真那，輕啟雙脣：

「啊──真那。『太好了，妳沒事啊』。」

以溫柔的聲音如此呢喃。

「哥哥……？」

聽見這句話，真那覺得不對勁，皺起了眉頭。

如果照字面上來解讀，這句話聽起來也像是單純擔心真那的身體。因為實際上，真那正與艾蓮戰鬥，剛挨了一記痛擊。

然而——不知為何，真那卻強烈感覺到士道說的這句話還包含了除此之外的意思。

士道依然保持著宛如處於忘我的領域般的口吻，繼續從脣瓣間吐出話語：

「我很……擔心妳喔。妳被ＤＥＭ那群傢伙擄走……不過，真是太好了……」

「……我被擄走？哥哥，這是怎麼回事？」

「——『MIO』呢……她在哪裡？是她救妳的吧？」

「所以說，你到底在說什麼啊，哥——」

說到這裡的瞬間，一陣刺痛竄過真那的腦海。她不由自主地按住額頭，皺起臉孔。

「唔……唔……！」

這很顯然並非單純的頭痛。MIO。聽見士道說出這個名字的瞬間，真那的腦海裡浮現好幾幕未曾見過的景色。

「這……是……」

宛如「啪嚓啪嚓」按下快門般，好幾幕場面在腦海裡不停切換。和朋友遊玩的公園、在教室

上課的老師、哥哥士道幫她過生日。

以及——一名長髮少女的背影。

「啊……」

腦海裡浮現那名少女身影的瞬間，真那感覺她的視野忽明忽暗地閃爍。

不知為何，真那就是想不起那名少女的容貌。那名少女是她熟識的人。真那分明認識她——

然而就在這個時候，真那的思考突然被打斷。

「——妳的對手是我，還有餘力思考別的事情啊。未免也太瞧不起我了。」

真那的頭上響起艾蓮高傲的聲音。

「……！糟了——」

真那回過神來時，艾蓮已經降落到真那的身邊，高舉〈王者之劍〉。

真那急忙集中意識，但為時已晚——！

「……！」

然而，光劍並未灼燒真那的身體。

因為在〈王者之劍〉觸碰到真那的前一刻，包圍住士道的靈力逐漸膨脹，將魔力之刃給阻擋了下來。

「哦……？」

艾蓮發出疑惑的聲音，憤恨不平地瞪著士道。

「——五河士道。你這副模樣很吸引人嘛。原來如此，我不知道你身上發生了什麼事，但你這個樣子，也難怪艾克會想得到你了。」

艾蓮說完揚起嘴角，露出猖狂的笑容。

然而士道卻反而板起臉來。

「D——E——M……！」

他呼吸急促，發出宛如野獸般的咆吼。

「嗚——啊……啊啊啊啊啊啊啊啊啊啊啊啊啊啊啊啊啊啊啊啊！」

圍繞住士道的靈力漩渦瞬間增強威力，將旁邊的艾蓮和真那一起震飛。

「……！」

「什麼！」

真那操作隨意領域抵銷衝擊後，靜止在空中，大聲吶喊：

「哥哥！這到底是怎麼回事啊！還有剛才你說的話究竟是——MIO是誰啊！」

不過，士道並沒有回答，也聽不見他脫口說出剛才的話。只見他釋放出龐大的靈力，發出如凶猛野獸般的低鳴聲。

「唔……」

任誰都看得出現在士道的狀態非比尋常。如果可以，真那還想問出更多話。

然而，真那面對的無疑是人類最強的巫師，絲毫不得大意。真那緊咬牙根，將視線從士道身上移開。

「咳……咳……大家，妳們沒……沒事吧？」

宴會廳因驚人的靈力之光而崩毀，琴里在大廳內被漫天飛舞的塵埃嗆得咳嗽不止，並且如此吶喊。

於是，身旁立刻傳來熟悉的聲音回答：

「嗯……我沒事。不過，到底發生了什麼事……？」

仰倒在地的十香一邊坐起身子，一邊東張西望環顧四周。此時，琴里也抬起頭。

天花板和牆面雖然因為士道突如其來的砲擊而開了一個大洞，但照情況看來，精靈們和〈拉塔托斯克〉的機構人員似乎都平安無事的樣子。周圍立刻傳來聲音。

「大家都沒事嗎？」

「……這……這究竟是怎麼一回事啊？」

「——琴里！」

不過，琴里卻在其中聽見了出乎意料的聲音，令她不禁瞪大了雙眼。

「這個聲音是……真那！」

沒錯。出現在琴里視野裡的，便是自稱士道親妹妹的少女，崇宮真那。

不只如此，DEM的巫師艾蓮也在不知不覺間出現在那裡，穿著CR-Unit舉起劍面對真那。

「妳到底在做什麼……！」

真那緊盯著艾蓮，只輕輕甩了甩手回應琴里後，便展開右手的〈Wolftail〉，大聲吶喊：

「詳細的情況待會兒再說！總之現在……哥哥就拜託妳了！」

接著朝空中一蹬，砍向艾蓮。兩人劍刃相接，激發出魔力光火花，朝夜空越升越高。

原來如此，令音所謂以防萬一的對策，看來就是指真那。琴里胡亂搔了搔頭。

「真是的，那孩子……明明連聯絡方式都不告訴我就消失了……」

不過，真那阻止了艾蓮，幫助了她們是千真萬確的事實。琴里為了達成真那的要求，再次望向士道。

——然而……

「啊……」

看見他的模樣，琴里下意識地聲音顫抖。

因為位於那裡的，既不是平常溫柔和藹的士道，也不是先前無所畏懼的士道。

釋放出五彩光芒雄霸於空中的「他」，已經化為無法稱為人類的東西。

纏繞著士道的身體捲起漩渦的濃密靈力宛如心跳般閃爍，而輕微的震動配合著那個節奏，傳達到琴里等人的身體。彷彿空氣、地面，甚至整個空間，都呼應士道的力量一陣一陣地跳動。

不對，不只如此。一部分的靈力還構成閃閃發光的帷幕和猶如金屬碎片般的東西，好似精靈穿著的靈裝。

然後——

琴里看見士道的模樣，下一瞬間——

她透過耳麥聽見了不祥的警報聲。

「啊——」

這個警報聲與偵測到空間震預兆時，或是精靈的精神狀態顯示出異常時所發布的警報聲種類截然不同。

琴里到目前為止只聽過一次。

那就是在測試這個警報聲的時候。當時有人提醒她警報聲當中也有「這種」種類，要好好記住，以及最好別聽到「這個」警報聲。

「不會……吧——」

琴里感覺到自己的指尖不住地顫抖，有種自我破裂般的錯覺。琴里心跳加速、呼吸困難、視野扭曲，甚至連站立都逐漸感到困難。

使者吹奏的終焉喇叭。聽見這絕對不能聽見的聲音，琴里的意識一時之間變得斷斷續續。

「────────！」

這段期間，士道仍然發出非人的咆哮聲。靈力有如火花四濺或放電現象般「啪嘰啪嘰」地綻放，照亮四周。

「……！」

士道就這麼彎起雙腿，朝地面一蹬，飛向天空。現在琴里等人所處的地方相當於原本設施的地下，但士道並未將這種高度放在眼裡，輕而易舉便躍上地面，發出橫掃樹木的破壞聲，移動到某個地方去了。

「琴里！妳怎麼了！得快點去追達令才行呀！」

「……」

琴里聽見美九的聲音，抬起頭後輕啟雙脣。

一瞬間卻說不出話來。不過，這也無可厚非。因為要說出這句話，就等同於必須做出最不得已、最糟糕的決定。

可是，琴里非說不可。

為了這個國家──

為了世界——

為了人類……

——最重要的，是為了士道。

那就是她身為〈拉塔托斯克〉的司令官——五年前被士道拯救的人所必須負起的責任。

琴里努力壓抑住顫抖的聲音，開口說道：

「……各位，妳們在這裡等候。我來想辦法解決。」

琴里說完，精靈們露出驚訝的表情望向她。

「汝要吾等在此等候？也讓吾等幫忙吧。」

「首肯。真不像琴里會說的話。」

精靈們你一言我一語。不過，這也難怪。要是琴里不知道箇中原由就被人如此告知，肯定也會做出跟大家相同的反應。

不過，琴里沒辦法帶她們一起去幫忙。她吸了一口氣後，努力裝出開朗的聲音繼續說：

「——我就說我來想辦法解決士道的事情嘛。交給我吧。〈拉塔托斯克〉早已準備好手段以應對這種事態發生的時候。」

精靈們雖然仍露出有些不安的表情，但不久便點了點頭，聽從琴里說的。

「那麼，拜託妳了！」

「請妳……加油……！」

「好。」

琴里簡短回答後，將精靈和〈拉塔托斯克〉機構人員留在現場，爬上樓梯來到地面。

士道全身釋放出靈力，宛如野獸般橫掃樹木。若是繼續前進，不久後便會抵達市區吧。

琴里凝視著士道，吐出悠長的氣息。

然後從晚禮服的懷中拿出小型終端機。

——她曾在內心發誓絕對不會使用的毀滅按鍵。

「……」

琴里伸出顫抖的手指操作終端機，結束指紋認證、視網膜認證以及密碼認證後——舉起手伸向前方，輕撫按鍵。

設定為瞄準士道的衛星軌道兵器〈丹斯雷夫〉的啟動按鍵。

「……對不起，哥哥。」

琴里呢喃般吐出話語。

「請原諒我……只能用這種方式劃下句點。」

然而——就在這一瞬間——

琴里感覺到左方散發出銳利的殺氣，一瞬間意識錯亂。

緊接著，隨著發出「喀嚓」一聲，琴里的太陽穴產生冰冷堅硬的觸感。

琴里立刻察覺到有人把槍口抵在自己的頭上。

「……！」

琴里移動視線望向槍口的方向，結果看見理應跟其他精靈留在地下的折紙的身影。

折紙顯露出危險的眼神，將設計簡單的九公釐手槍的槍口朝向琴里，發出輕細卻冰冷徹骨的聲音：

「妳手上的東西是什麼？妳究竟打算對士道怎麼樣？五河琴里，妳——」

不過，折紙話才說到一半便止住了話語。她難得地抽動了一下眉尾。

琴里隱約可以猜想得到理由，一定是因為她看到了自己轉過頭時的臉孔。

——因眼淚和鼻水而皺成一團，悽慘無比的悲痛表情。

「……解釋給我聽，到底是怎麼一回事？」

折紙皺起眉頭，繼續說道。

折紙聰明伶俐，就算隨口胡謅也不可能騙過她。但是，如果硬是執行計畫，可以預料到折紙將會妨礙琴里。於是，琴里死心般開口：

「……我要……殺了士道。」

聽見琴里說的話，折紙原本嚴肅的表情變得更加危險。

「怎麼回事？這也是〈拉塔托斯克〉的命令嗎？」

「……妳猜對了一半。」

琴里有些自嘲地說。

「……現在的士道就像是限時炸彈，反復膨脹靈力，要是放著他不管，將會引起超越南關東大空災的爆炸。」

「……！」

折紙緊咬牙根。

「所以，妳就要殺掉他？」

「……沒錯。這就是造成『失敗』的我所必須負起的最後責任。只要在士道瀕臨臨界點之前殺了他，就能縮小爆炸的規模。

……若要我在看著上千萬條人命和士道一起陪葬與殺死士道之間做選擇，我會選擇後者。因為士道肯定會很難過自己害死了許多人。」

「…………」

折紙的手指微微顫抖。琴里將視線移回士道的身上。

「只要按下這個開關，位於衛星軌道上的〈丹斯雷夫〉就會發射出魔力砲。」

「〈丹斯雷夫〉……？」

「……是我們組織徹底調查完士道的身體，為了殺死士道而製作的詛咒之劍。」

沒錯。那就是〈丹斯雷夫〉。琴里不知道比這個威力更強的顯現裝置的使用方式。即使士道擁有琴里的力量，也不可能在身體組織破壞殆盡後再生。

「……開什麼玩笑。這就是〈拉塔托斯克〉的做法嗎？」

折紙露出像是要將人射殺般的眼神繼續說道：

「不能維持封印靈力的均衡就要殺掉他？再說，讓士道封印精靈靈力的，不就是你們〈拉塔托斯克〉嗎？為了自己的目的，不惜利用士道；對自己造成不利，就要解決掉他嗎？妳那麼為士道著想，為什麼會想服從這種命令——」

「——不是的！」

琴里大吼，打斷折紙說話。

「〈拉塔托斯克〉的目的確實奇蹟似的和士道的能力不謀而合。可是，至少伍德曼議長是關心士道的。他說想將精靈的力量封印到人類的身體裡，不可能事事順利。如果有風險，就尋找其他的手段。

可是……太遲了。〈拉塔托斯克〉發現士道時，士道的身體已經封印了一名精靈的靈力。」

「……那該不會是……」

「沒錯，就是我。」

琴里發出顫抖的聲音如此訴說。

那是無可避免的矛盾。因為〈拉塔托斯克〉是以他封印琴里靈力的事實才發現士道的存在。

「士道從五年前的那一天起，就有可能陷入瀕臨臨界點的狀態。而且，就算想將靈力歸還給我本人，路徑一旦連接起來就不可能完全消失。五年前，我在意想不到的情況下，將這駭人的炸彈硬塞給了士道。」

「……就算如此，再讓他封印更多的靈力，難道不會增加他瀕臨臨界點的風險嗎？」

「……沒辦法。因為讓士道完全安定下來的方法……只有一個。」

「到底是什麼方法？」

折紙這麼問了。琴里仍然看著士道回答：

「——只能靠士道自己將體內的靈力化為靈魂結晶排出體外。」

「……！那是——」

靈魂結晶。那是神祕的精靈〈幻影〉所擁有的形狀如寶石般的靈力結晶。折紙也是因為那個靈魂結晶才從人類成為了精靈。

「如果是這個方法，確實能夠奏效。可是，那種事情……」

「……沒錯。就算我們處於能夠完全施展靈力的狀態，也不可能做到那種事。我也在〈拉塔托斯克〉接受過無數次的分析，但要排出以靈子結合的靈魂結晶，需要難以置信的龐大靈力。所以——才必須將現階段發現的所有精靈的靈力封印在士道的體內。」

「……！」

折紙一臉訝異地瞪大了雙眼。

就她的反應看來，她似乎對〈拉塔托斯克〉抱持著相當大的懷疑。

不過，也不是不能理解她的心情。因為事實上，琴里也並非完全信賴〈拉塔托斯克〉。

「可是——事到如今，說這些也沒有用了。」

沒有時間再繼續閒聊下去了。琴里吸了一口氣後，打算在置於按鍵上的手指施加力量。

不過，就在這個時候——

「琴里！折紙！」

背後傳來十香的聲音。往聲音來源看去，發現所有精靈都聚在一起了。看來，她們似乎跟折紙一樣，追在琴里的後頭而來。

「大家——」

「琴里，妳太見外了吧！有這樣的苦衷，為什麼不找我們商量啊！」

十香露出生氣勃勃的眼神如此說道。聽見十香宛如熟知一切的口吻，琴里瞪大了雙眼，不過——她立刻想起自己和其他精靈耳朵都戴著耳麥這件事。看來，她們似乎聽見了自己和折紙的所有對話。

琴里當然知道耳麥的機能，但事態緊急，她一時之間沒有顧慮到這件事。

「……大家，對不起。可是，一切都已經無可挽救了。」

「才沒這回事！」

十香大聲吶喊，彷彿要趕走琴里說的喪氣話。

「我不知道詳細的情形。但如果只有妳一個人，情況才稱得上是絕望！」

「…………！」

聽見十香說的話——

琴里感覺到心臟一陣緊縮。

「大……家……」

精靈們凝視著琴里的眼眸，點了點頭。

就像在為琴里加油打氣一般。

「竟然會放棄，真不像琴里！」

「就是說啊……讓我們拯救士道吧……！」

「…………」

琴里觸碰按鍵的指尖正在顫抖。她的腦海裡掠過收到這臺終端機時的光景。

那時，她害怕得不得了。雖說只是以防萬一，但手中持有殺害士道的手段這個事實令她好幾天輾轉難眠。

啊，不過……

現在的琴里已經不是當時的她了，無論在覺悟和經驗方面都與以往大不相同，更重要的是

——現在她擁有一群心意相通的夥伴。

——既然如此，應該還有其他方法可尋。

終端機從琴里的手上滑落。

◇

『為什麼，五河司令為什麼沒有發射！』

一陣心煩氣躁的吶喊聲響徹幽暗的會議室。

話雖如此，聲音的主人卻不在現場。房間中心擺放著一張圓桌，投影在圓桌座位上的立體影像之一語帶憤怒和焦躁地拉開嗓門。

現在在這裡的五名人物當中，只有兩名是真人。他們分別是坐在圓桌前的白髮男子——艾略特·伍德曼，以及站在他背後的眼鏡女，嘉蓮·梅瑟斯。其他的男人和發出吶喊的男子一樣都是透過回路，從存在於世界各地的〈拉塔托斯克〉分部參加這場會議。

『射擊！快射擊啊，五河司令！』

「……………」

——羅蘭・克萊頓，一名即將邁入老年的男子，給人的感覺像是一隻愛亂吠的鬥牛犬。

他的行為舉止實在稱不上是符合圓桌會議幹部的形象，但是……也不難理解為何他會如此氣憤。因為設置在圓桌中央的螢幕上顯示出對〈拉塔托斯克〉而言最壞的狀況。

螢幕上可以看見一名在森林裡釋放出龐大靈力的少年身影。而他的靈力值現在仍不斷地攀升，這樣下去，很可能會重複三十年前的慘劇。而事實上，其他兩人也露出和克萊頓相似的表情，只是沒有高聲怒吼罷了。

『伍德曼卿。』

原本一語不發的兩人當中的其中一人弗雷澤・道格拉斯臉頰滴下汗水，出聲說道。身材纖瘦，戴著單邊眼鏡為其最大的特徵，是一名給人感覺像是一隻老鼠的男子。

『這樣下去真的會發生大規模的空間震。你為何只給五河司令啟動〈丹斯雷夫〉的權限？』

一名擁有像是會出現在卡通裡的壞心眼貓咪氣息的男人點頭表示同意。他是圓桌會議的最後一人，吉利安・歐姆斯德。

『就是說啊。就算她再怎麼優秀，畢竟還只是個國中生。你以為當她哥哥陷入這種局面時，她真的能夠做出正確的判斷嗎？』

「…………」

——要是給予你們啟動的權限，你們肯定會毫不遲疑地按下啟動按鍵。

伍德曼一語不發地在心中如此呢喃。

為了拯救精靈的組織〈拉塔托斯克〉。可是，由衷遵循這個理念而行動的，只有以伍德曼為中心的派別，其他人不過是因為或多或少有利可圖才加入的。

以自己的利益為最優先考量。伍德曼並不打算否定這種想法。身為人類，這樣才正常吧。

不過，這同時也表示萬一風險高於利益，他們可能會選擇消滅精靈。

因此，伍德曼認為值得託付啟動〈丹斯雷夫〉的按鍵的人，就只有琴里一人。

——即使將射擊自己最愛的哥哥這個任務強加在琴里身上也在所不惜。

「各位，請冷靜。」

伍德曼睥睨著圓桌，輕聲說道。

「現在發生的確實是意料中最糟糕的事態，但不代表沒有挽救的餘地吧？」

聽見伍德曼說的話，道格拉斯和歐姆斯德一臉疑惑，而克萊頓則擺出類似憤怒的表情。

『事到如今，你還在說些什麼啊！你說要怎麼做才能改善這個狀況啊！』

「不知道呢。不過，只要五河司令不放棄，我就不能放棄。」

伍德曼露出銳利的視線說完，三人便表現出明顯不服氣的神情。

不過，也不是不能理解他們的心情啦。伍德曼的說辭從旁人的耳裡聽來，大概就跟耍賴皮沒兩樣吧。

但是伍德曼堅信五河士道尚有恢復自我的可能性。若要說有問題——就是不值得將這個「可能性」的理由告訴眼前的三個人吧。

那麼自己能做的事，就是多少幫琴里爭取一點時間。伍德曼提出交涉，繼續說道：

「這個嘛……我也知道自己這麼說不能讓你們信服。那麼這樣好了，從現在開始，只要你們每等一分鐘，我就把我擁有的〈亞斯格特〉電子公司的百分之一股份分給你們。」

『什麼……！』

聽見伍德曼說的話，三人露出驚愕的表情。

這也難怪。因為除了ＤＥＭ，世界上唯一能製造出顯現裝置的〈亞斯格特〉電子公司是〈拉塔托斯克〉的技術中心，也是伍德曼的命脈。應該是令這三人垂涎三尺，十分想得到的東西。

然而，三人並沒有立刻回答。想必是這條件太過優渥，令他們感到懷疑吧。

伍德曼在心中發笑。這樣就好。他們越煩惱，伍德曼就能替琴里爭取到越多的時間。

不過，畫面上顯示的靈力數值又再次上升，發出刺耳的警報聲打斷三人的思考。

『……！』

克萊頓屏住了呼吸。

『……果然還是不行！不可能擴大路徑，無法阻止靈力失控！我們能做的事，就只有盡早給予他致命的一擊！』

立體影像的克萊頓如此吶喊，接著從懷裡拿出小型終端機。

「……！克萊頓，你那是……」

伍德曼看見那臺終端機，屏住了呼吸。

因為克萊頓拿出的，正是理應只有琴里和伍德曼擁有的〈丹斯雷夫〉的啟動鍵。

「克萊頓，你為什麼會有那個？」

『俗話說……有備無患嘛。哪裡都有漏洞可鑽。』

「住手，別做傻事──」

克萊頓無視伍德曼的話，毫不猶豫地按下按鍵。

◇

「……」

琴里用手背擦拭淚水，吸了吸鼻涕。

「……想笑就笑吧。說了一堆自以為是的話，結果一到緊要關頭卻是這副模樣，算什麼司令官啊。」

琴里有些自嘲地說了。不過，折紙靜靜地搖搖頭。

「沒這回事。妳是士道的妹妹，真是太好了。」

「折紙……」

「應該還有其他辦法，別放棄。」

折紙說完後，其他精靈也點點頭鼓勵琴里。

「沒錯。吾等是無所不能的。」

「同意。夕弦兩人也一起幫忙。」

「……雖然我不知道該怎麼解決，但總有辦法吧。」

然而──就在這一瞬間──

剛才從琴里手上掉落的終端機發出警報聲，掩蓋過所有人的聲音。

『──〈丹斯雷夫〉啟動代碼已確認。開始攻擊目標。』

「……！」

琴里不由自主地屏住呼吸，撿起終端機。琴里想相信是自己聽錯了，但螢幕上確實顯示出啟動〈丹斯雷夫〉的文字。

折紙的臉染上戰慄之色，探頭窺視螢幕。

「這是怎麼回事？該不會是因為掉到地面上的衝擊，不小心啟動了吧？」
「這個按鍵不會因為這點程度的衝擊就不小心啟動！究竟是為什麼——！」
雖然不知道理由，但〈丹斯雷夫〉已啟動是事實。琴里連忙操作終端機，打算消除代碼。
然而，為時已晚。
當黑夜閃過宛如流星般的光芒的那一瞬間——
琴里等人的視野呈現白茫茫的一片。
「士道——！」
琴里扯開嗓子高聲吶喊，朝士道伸出手。
不過，就算做出這個舉動也不可能改變士道的命運。士道的身體隨著光芒消失，餘波將地面剜挖出一個大洞，處於周圍的琴里等人被強烈的衝擊波吹飛——
——才怪。
「咦……？」
琴里身體僵住，眨了幾次眼睛後抬起頭。其他的精靈也露出相同的表情，仰望頭上。
這也難怪吧。因為琴里等人的——正確來說，是士道的正上方展開了一道用靈力建造出的防護牆，擋下了〈丹斯雷夫〉的一擊。
「什麼——」

琴里驚愕地瞪大雙眼。

一瞬間，琴里還以為是士道施展他過剩的靈力展開防護牆，然而——並非如此。

【——哎呀、哎呀，真是危險啊。】

士道的頭上不知不覺間出現了另一名精靈的身影。

不對……就連琴里也不知道那究竟是不是「精靈」。

因為出現在那裡的，是一道不知是男是女，籠罩著一片雜訊的人影。

「你是——！」

琴里微微顫抖著指尖說道。其他精靈也多多少少露出和琴里一樣驚愕的表情。

曾經直接面對過「他」的美九和折紙的反應尤其顯著。美九表現出動搖，而折紙則是露出警戒的表情，凝視著來歷不明的雜訊團。

沒錯。製造精靈的精靈。

將靈魂結晶交給琴里、美九和折紙，將她們變成精靈的存在。

——人稱〈幻影〉的人物就出現在那裡。

「〈幻影〉……！」

琴里大聲吶喊，呼喚他的名字。

明明望著他的身影卻分辨不出他的形體。那異樣的存在感，即使想遺忘也揮之不去。跟五年前出現在年幼琴里面前的「某種東西」一模一樣。

全體包覆在黑暗中的存在。即使琴里使出一切手段進行調查，依然掌握不到線索的神祕精靈。明明有像山一樣多的事情想知道、想確認，但面對〈幻影〉，琴里在數秒間就像思考短路了一樣，喪失了語言能力。

於是，被雜訊包圍的「他」宛如透過機器變聲似的，發出難以辨別音質的聲音。

【……沒想到，人類也滿亂來的嘛。】

〈幻影〉以開玩笑的口吻如此說道，然後轉過身。同時，像一把傘遮住士道的屏壁消融在空氣中。

「……閉上你的嘴——！」

聽見〈幻影〉說的話，琴里皺起了臉孔。

追根究柢，間接造成士道陷入這種狀況的不是別人，正是〈幻影〉。〈幻影〉將琴里變成精靈，士道封印了琴里的靈力才會背負靈力失控的風險。

不過，就在琴里思考到這裡的時候，她的腦海裡浮現了些許疑問。

為什麼〈幻影〉會突然出現在這裡？

以及為什麼——要拯救士道不受〈丹斯雷夫〉的攻擊。

「〈幻影〉……你究竟是……」

琴里提出疑問。

然而，〈幻影〉並不打算回答這個問題，面對士道繼續說道：

【……原來如此，他現在確實處於危險的狀態呢。我能理解妳做出悲痛的決定。不過，他若是不活下去，我可就傷腦筋了。】

「你……你在說什麼……」

琴里發出慌亂的聲音，〈幻影〉便降低高度，來到士道的面前，完全不在意包圍著士道的靈力漩渦。

【……乖孩子。】

然後發出溫柔的聲音如此說完，觸摸士道的額頭。

於是——

「————————！」

士道發出震天價響的吶喊聲，痛苦地扭動著身軀。

「唔——嘎啊啊啊啊啊啊啊啊啊啊啊啊啊！」

接著震飛周圍的景色，剜挖出一個大洞，暫時停止的破壞行動又開始進行，朝著某個目的直線前進。

「士……士道！」

「達令！」

「汝這個混帳，到底對士道做了什麼！」

「同意。感覺狀況惡化了。」

精靈們說完，〈幻影〉便做出宛如吐了一口氣的動作。

【——算是打聲招呼吧。難得我還給了妳們機會呢。】

「你說什麼……！」

「！琴里！妳看！」

琴里皺起眉頭，十香驚訝地高聲吶喊。

與此同時，琴里也發現了。包圍住士道的靈力有些減弱。

「這是——」

【……接下來就交給妳們了。祝妳們好運。

——再見了，『我可愛的孩子們』。】

「……你說什麼——」

聽見〈幻影〉說的話，琴里大叫出聲。不過，〈幻影〉沒有要回答的意思，轉過身後便消融在空氣中。

「！等……等一下！」

「琴里……先別管〈幻影〉了，快幫助士道吧……！」

四糸乃傾訴般說道。琴里站穩腳步後，點點頭回答：「……說的對。」

「——雖然不知道他是怎麼做到的，總之，包圍住士道的靈力暫時減弱了。這樣的話，搞不好還來得及拯救士道。」

「！真的嗎，琴里！」

十香瞪大了雙眼。琴里點了點頭，繼續說道：

「是啊……但也只不過是從最糟糕的狀態拉回來了一點，一樣處於絕望的狀況。必須通過那層靈力的屏障，親吻士道才行。憑現在的我們——」

琴里話說到一半，耶俱矢發出「呵呵！」的笑聲。

「什麼嘛，只要這麼做就行了嗎？那不是很簡單嗎？」

「同意。那就沒有任何問題了。」

耶俱矢和夕弦兩人說完便手拉著手，做出莫名帥氣的姿勢。

「沒有問題……妳知道那有多難嗎……」

琴里皺起眉頭說道。不過，耶俱矢和夕弦互相對視，面帶微笑後低垂雙眼集中意識。

於是——

「喝！出現吧，颶風之力！」

「顯現。看我的。」

兩人如此吶喊的同時，宛如拘束衣般的東西顯現在兩人穿著的晚禮服外。

——那是限定靈裝，是精靈的鎧甲，亦是堡壘。

「什麼……！」

琴里屏住了呼吸。這也難怪。因為八舞姊妹與士道連結的路徑依然狹窄，並沒有擴大。也就是說，她們硬是將自己體內僅存的靈力顯現出來。

「耶俱矢、夕弦！妳們這是在做——」

話才說到一半，琴里便止住了話語。

在路徑狹窄的狀態下顯現限定靈裝確實非常危險。最壞的情況，她們兩人甚至有可能比士道先喪命。

可是——現在就只有這個辦法能靠近士道也是不爭的事實。

「……照剛才七罪的實例來看，最多大概只能維持五分鐘吧。」

琴里露出嚴肅的表情說了。八舞姊妹爽朗地笑道：

「呵呵，這時間意外地綽綽有餘嘛。」

「首肯。對疾風八舞來說，這時間十分足夠了。」

兩人留下這兩句話，互相點了點頭後，在身上捲起風，原地起飛。

——朝在森林裡移動的士道飛去。

◇

〈Wolftail〉與〈王者之劍〉在黑夜裡釋放出火花。

「喝！」

「——吃點飯吧！」

艾蓮輕而易舉地擋下真那三番兩次的攻擊，扭動身軀踹了一下真那的腹部。

真那立刻操作隨意領域向後退。但由於反應慢了半拍，無法完全抵銷威力，心窩下方隱隱作痛。真那輕輕咳了咳。

「虧妳那麼帥氣地登場，卻採取如此消極的攻擊方式。妳以為憑那種玩意殺得了我嗎？」

「哼……開口閉口殺殺殺的，妳就只知道這種勝利方式嗎？就算魔力最強，但看來腦袋倒是一般般嘛。」

「真是膚淺的激將法呢。妳以為我會上當嗎？」

艾蓮泰然自若地回答。不過，那也是理所當然的事。因為控制顯現裝置的是巫師的腦，若是內心動搖或是慌亂，會立刻顯示在隨意領域的精密度上。艾蓮好歹是打著最強名號的女人，才不會因為這點程度的挑釁就表現出反應。

「呵，我才沒期待妳會上當咧。這只是我的感想罷了。因為從我待在ＤＥＭ的時候開始，我就覺得妳有些傻愣愣的。」

「笑話。我這個人可是完美無缺。」

「才不是，我就曾經看過幾次妳走在平坦的地面都可以跌倒。還有，從二樓拿文件夾到四樓的時候，妳還休息了兩次。」

「什麼！妳怎麼會知道——」

「事到如今我就告訴妳吧，在第二執行部的巫師們之間不是稱呼妳為『執行部長』，而是弱不禁風的『豆芽菜部長』。」

「……」

艾蓮額頭冒出青筋，一語不發地逼近真那，揮下〈王者之劍〉。真那在千鈞一髮之際閃過攻擊，發出「哈哈」兩聲嘲笑聲。

「奇怪？妳不是說激將法對妳沒用嗎？」

「給我閉嘴！那個令人不悅的外號是怎樣啊……！」

艾蓮不耐煩地大喊。看來等她回英國的ＤＥＭ總公司，真那的前同事們應該會落得接受嚴苛的「特別訓練」的下場。

順帶一提，剛才真那說出的外號是她當場隨口胡謅出來的。再說，在英國人巫師占了大半的第二執行部裡，她的前同事們怎麼可能聽得懂日本的冷笑話呢。這種事情，只要稍微思考就會明白，但是……看來對艾蓮來說，這是她絕對不能被人踩到的地雷。因為太過惱怒，以致於失去了冷靜的思考。

然而——就在這個時候……

似乎有人傳來了通訊，艾蓮突然抽動了一下眉毛。

「——是。你說什麼？『材料Ａ』嗎？」

艾蓮皺起眉頭，「嘖」的一聲咂嘴後，放下面對真那的〈王者之劍〉。

「妳真是好狗運。不過，下次可就沒那麼好運了。」

艾蓮如此說完便操作隨意領域，朝黑夜飛離。

「……哼，還是一樣嘴硬呢。」

不過，真那並沒有追過去。因為她的目的終究只是爭取時間，即使現在追上去攻擊，也不保證能夠打得贏艾蓮．梅瑟斯。

況且，真那有另一個更重要的理由。

剛才墜落到地上的時候，士道吐出的名字仍令她感到心亂如麻。

「……MIO究竟是誰——」

真那於暗夜之中輕聲呢喃。

◇

一頭身上纏繞著刺眼光芒的野獸一直線狂奔在擴展於眼下的森林中。

耶俱矢和夕弦凝視著只能如此形容的光景，乘著風疾馳於天空中。

「夕弦！準備好了嗎！」

「回答。當然。耶俱矢妳才不要臨陣退縮，錯失了機會。」

「哼，汝是在跟誰說話呀。汝以為本颶風皇女八舞，會害怕這種情況嗎！」

「否定。夕弦不是在擔心這個。但要是耶俱矢在要接吻的時候卻步，可就傷腦筋了。」

「什麼……！我才不會咧！反而從容不迫得很！」

耶俱矢忘記獨特的口吻大喊後，夕弦便對她投以懷疑的視線。

「懷疑。真的嗎？耶俱矢在士道面前就像是一隻被撫弄喉嚨的溫順小貓。」

「才沒有咧！妳不要隨便亂說好嗎！」

「模擬。喵嗚……士道摸人家那種地方，耶俱矢會變奇怪喵……」

「等一下，妳那是在模仿我嗎！我從來沒有說過那種話耶！」

即使耶俱矢大聲反駁，夕弦也不理她。

兩人同時降低高度，穿過樹林，左右包夾士道飛行。

「……受不了，要上嘍，夕弦！」

「回答。了解。」

兩人互相點了點頭後，便從左右兩邊朝士道釋放出狂風。士道的動作受到風壓阻撓，變得有點遲緩。

兩人並不認為光憑這樣就能讓士道停下腳步。沒錯。好戲現在才要開始。

「〈颶風騎士(Raphael)〉——【穿刺者(El Re'em)】！」

耶俱矢高聲吶喊，舉起手後，便顯現出護手和單邊羽翼，以及一把巨大的突擊槍。

「喝啊！」

她發出如裂帛般清厲的氣勢，朝士道——正確來說，是朝包圍住士道的靈力屏障釋放出渾身的一擊。於是，一陣烈風肆虐四周，瞬間劈裂包圍住士道的屏障。

雖然僅劈開一道細小的裂痕，但機不可失，而且對疾風八舞而言，只要有這一道細小的裂痕就已足夠。

「呼應。〈颶風騎士〉——【束縛者】（El Nahash）！」

夕弦如此吶喊，朝士道釋放出靈擺型的天使。

不過，她的目的不在攻擊，而是用【束縛者】的鎖鍊纏繞住士道的手腳，封鎖住他的行動。

「良機。耶俱矢！」

「喔！」

兩人剎那間逼近士道。雙手雙腳遭到束縛的士道宛如失去自我般發出低鳴聲。

「士道——本宮現在就拯救汝。」

「報恩。就像當時士道對夕弦兩人所做的一樣。」

耶俱矢和夕弦如此說完，不約而同地將臉湊近士道——親吻他的嘴唇。

「……！」

那一瞬間，耶俱矢和夕弦突然感到身體一陣發燙。宛如停止流動的血液恢復正常似的，全身湧起一股力量。

「這代表……路徑打開了嗎？」

「首肯。應該是。趁夕弦牽制住士道的時候，讓其他人也來親吻——」

然而，夕弦話還沒說完——

「——嘎啊啊啊啊啊啊！」

士道便發出咆吼，隨後掙脫【束縛者】的束縛。同時，發射出強烈的衝擊波，輕而易舉地震飛眼前的耶俱矢和夕弦。

「嗚哇——！」

「大意。被逃脫了。」

從鎖鍊中解脫的士道再次像發了瘋似的開始前進。

就在兩人坐起身子，打算追上士道的瞬間——

——一隻銀白色的巨大兔子經過兩人的眼前。

「四糸乃！」

耶俱矢呼喚這個名字後，身穿限定靈裝跨坐在兔子背上的四糸乃便點點頭。

「——〈冰結傀儡(Zadkiel)〉！」

四糸乃發出聲音的同時，巨兔形狀的天使張開嘴巴，釋放出冷氣，充滿四周。空氣中的水分開始凝結，地面發出啪嘰啪嘰的聲音逐漸凍結，然後蔓延到樹林、岩石，以及——士道正在奔跑的雙腳。

士道受到寒冰阻撓，停止前進。四糸乃駕馭〈冰結傀儡〉開始奔馳，繞到士道的前方。

然後讓〈冰結傀儡〉趴在地面，從它的背上探出身子，將臉靠近士道。

「士道……請恢復原狀吧。」

說完，四片脣瓣相觸。四糸乃的身體開始發熱，靈裝釋放出淡淡的光芒。

接著，四糸乃對緊抱住自己的腰不放的人影出聲說道：

「好了，七罪妳也來親吻士道吧……！」

「嗯，好……」

四糸乃如此催促，一起跨坐在〈冰結傀儡〉背上的七罪突然探出頭來。

順帶一提，七罪是精靈當中唯一沒有顯現限定靈裝的人。七罪並非不想拯救士道，而是因為在對士道展開攻勢的時候使用了靈力，因此只有她一人無法顯現力量。

「……是我太魯莽了，給四糸乃妳帶來麻煩，真的很抱歉，我去死吧。」

「咦？」

「啊，不……沒事。必須拯救士道才行呢……」

七罪有些難為情地如此說完，打算從〈冰結傀儡〉背上探出身子。不過就在這個時候，七罪突然手沒抓穩，摔了個狗吃屎。

「嘿噗！」

「七……七罪！」

「我……我沒事、沒事……」

七罪按著鼻子揮了揮手。她雖然嘴上說沒事，但眼眶泛淚，鼻子流出鼻血。

「那……那麼士道，不好意思，要親你的人是我……但說到底，都是因為你不把靈力傳送回來給我，我只好維持原貌。就算你告我在你失去意識的時候偷親你，我也沒辦法喔。我要親嘍。可以吧？不行的話，要老實說喔。」

「那個，七罪，沒多少時間了……」

就在這個時候──

「──啊啊啊！」

士道咬緊牙根施加力量後，阻擋他腳步的寒冰旋即破碎。接著士道攻擊眼前的七罪。

「唔噫……！」

七罪發出古怪的尖叫聲向後仰。

不過──士道的手並沒有觸碰到七罪。

因為在岌岌可危之際，士道的周圍出現銀色長筒，發出強力的聲音束縛住士道的身體。

「呵呵呵，真是千鈞一髮呢～～」

響起這道聲音的同時，顯現出限定靈裝的美九從樹林之間走了出來。看樣子，阻止士道的行動的，似乎是她的天使〈破軍歌姬（Gabriel）〉的力量。

「美九……」

「妳沒事吧，七罪。要謝人家的話，親一下就可以了～」

「誰……誰要啊！」

「那個，士道好像又要開始動了……」

四糸乃說完，七罪猛然抖了一下肩膀，猶豫了一下子後便用嘴唇輕碰士道的嘴唇。

「好，親完了！可以了吧！這樣也算是親吧！」

「啊，妳真是不會把握機會呢，七罪～」

繼七罪之後，美九也將臉湊近士道。美九親吻士道之後，在唇瓣移開的瞬間伸出舌頭舔了一下士道的嘴唇。看見她那放蕩的舉動，四糸乃和七罪不禁羞紅了臉頰。

「呵呵呵，和達令接吻，還有和七罪間接接吻……啊啊，好像賺到了呢～」

「什麼……！間接接吻，我又沒有……」

話說到一半，七罪像是發現了什麼似的抖了一下肩膀。

「咦！呃，那麼，我該不會也跟四糸乃間接接吻了吧……？」

七罪的臉蛋更加通紅。看見七罪做出這種反應，連四糸乃也難為情了起來。

「咦？那……那個……」

不過，現在沒有時間讓她們一直閒聊下去了。士道也突破了聲音的束縛，推開〈冰結傀偶〉，再次前進。
「呀……！」
四糸乃操控〈冰結傀儡〉，急忙保持平衡。美九跳向後方——而七罪則是再次當場趴下。
「很好——先走一步的所有人似乎都順利與士道接吻了。我們也行動吧！」
「我知道。」
身上纏繞著火焰的琴里以及身上包圍著光芒的折紙循著士道描繪的軌跡，飛翔在天空中。
失去自我到處肆虐的士道簡直就像是一隻怪物，宛如擁有人形的災禍。
沒錯。就是——ＡＳＴ所謂的「精靈」。
不過，琴里的內心並非感到絕望，反而可說是充滿了不可思議的高昂情緒。
現在仍然處於危機的狀況，但在殺死士道以外的選項中看到了百分之幾的希望，這個情況對琴里來說，只能說是奇蹟。當然就算如此，她也不打算向〈幻影〉表達感謝之意就是了。
琴里從鼻間哼了一聲後，對折紙大喊：
「折紙！做得到嗎！」
「那當然。」

折紙簡短地回答，就這麼滑翔在空中，朝士道的方向飛去。

「——〈滅絕天使〉。」

折紙的頭上顯現出好幾根大「羽毛」連結而成，宛如王冠一般的天使，呼應折紙的聲音。

〈滅絕天使〉在折紙舉起手的同時，四散開來，從各自的前端朝地面釋放出光線。

當然，折紙並不打算傷害士道。那些光線準確地炸裂地面，阻擋住士道的去路。

「——！」

可能是對這個攻擊產生了反應，只見士道赫然抬起頭，躍至上空。

「唔啊啊啊啊啊！」

然後，他的手中顯現出呈現寶劍形狀的天使〈鏖殺公〉，砍向折紙。

「折紙！」

琴里不由自主地放聲大叫。就算折紙再怎麼厲害，現在也無法完全施展出靈力。若是吃上天使的一擊，可能會造成致命傷。

然而，就在〈鏖殺公〉即將觸碰到折紙的前一刻，折紙的身體宛如光芒一樣突然消失不見，下一瞬間出現在士道的懷裡。

「——」

折紙直接捧著士道的臉頰，將自己的嘴唇疊上士道的嘴唇。

士道抖了一下，又開始發出咆哮，揮舞〈鏖殺公〉。

折紙的身影赫然消失無蹤，出現在距離數公尺的後方。算準了這個時間點，這次換琴里試圖接近士道。

「啊——啊啊啊啊啊！」

察覺到這件事的士道揮舞手上的〈鏖殺公〉，劍光一閃，釋放出靈力波。

琴里一邊閃躲攻擊，同時嚥下一口口水。士道的反應果然逐漸有所變化。一開始面對八舞姊妹的時候，他只表現出一副宛如災禍肆虐的模樣，面對七罪時表現出攻擊的意圖，而到了現在，則是明確地用天使對「敵人」——琴里和折紙釋放出劍擊。

雖然他的反抗可說是變得更強烈也更難以接近，但反過來說，士道的反應逐漸恢復理智——人類的感覺。

「——士道。」

琴里張開雙手，逼近士道想要緊緊擁抱住他。

「————！」

士道揮舞著〈鏖殺公〉攻擊琴里，但琴里沒有閃躲。劍刃斜劃過她的身體，濺出大量鮮血。

「琴里！」

折紙呼喚她的名字，但琴里舉起手像在表達她沒事一樣。深深劈開的傷口立刻燃起火焰，逐漸治癒傷口。

當然，說是治癒也仍會感到痛楚。不過，這樣也好。這份痛楚就當作是琴里曾經打算殺害士道的贖罪證明。

「哥哥。」

琴里緊抱住士道後，溫柔地親吻他的嘴唇。

「……成熟大人的親吻，我就再等你一陣子吧。」

然後如此說道，輕輕微笑。

「————————！」

士道發出不成聲的吼叫，扭動身軀，掙脫琴里的手，再次開始前進。

「還剩下———一個人。」

琴里用手按住剛治癒的傷口，發出痛苦的呻吟。因為激動高昂的情緒而減輕的痛楚和熱度慢了一拍侵襲而來。

總之，還剩一人。只要最後一人親吻士道，士道與精靈之間的路徑機能就能完全正常運作，士道也能恢復原狀。

琴里用模糊的視線望向士道。

——有一名美麗的公主顯現出藍紫色靈裝，將金色寶劍的劍尖插入地面，阻擋他的去路。

橫掃光禿禿的樹林的聲音、靈力飛濺的聲音、撕裂黑暗的咆哮聲震動著地面、鼓膜和肌膚。

十香靜靜地睜開眼，握住〈鏖殺公〉的劍柄，將劍尖朝向士道。

「——來了嗎，士道？」

士道身上纏繞著靈力，手裡握著和十香相同的〈鏖殺公〉，嘴裡吐著白色的氣息現身在十香的眼前。

或許是看見阻擋在前方的十香，士道進入戰鬥狀態，揮舞手中的〈鏖殺公〉，釋放出劍擊。

「呼——」

十香準確地擊落那道劍擊後，朝地面一蹬，逼近士道。

兩把〈鏖殺公〉互相纏鬥，靈力如火花般四濺。

雙方從上方、下方、正面等各種角度釋放出斬擊，並且擋下趁機揮舞而來的劍擊。雙方每攻打一次，四周就會遭受衝擊波的襲擊，地面微微下沉，顯現出腳印的形狀。

十香內心湧起一股莫名的感慨。沒想到士道會和她刀劍相向，展開激烈的廝殺。

不過，現在的士道雖然是士道，卻失去了理智。十香露出銳利的眼神，使出全力將〈鏖殺公〉一揮而下。

「喝啊啊啊！」

「鏗！」的一聲，士道握著的〈鏖殺公〉應聲被擊飛到夜空，直接化為光粒子消散在風中。

即使純粹的靈力量敵不過現在的士道，但論使劍的技巧，兩人可有著天壤之別。在士道揮舞著〈鏖殺公〉主動攻擊時，十香早已經預料到結果會是如此。

「士道，我現在——就來拯救你。」

十香下定決心點點頭，鑽進士道的懷裡，撫上他的下巴，將嘴唇湊近。

——然而，就在這個時候——

「……！唔……啊……！」

十香突然感到一陣椎心之痛。她按住胸口，發出痛苦的聲音。

「這是……」

不久，〈鏖殺公〉和裝飾十香身體的限定靈裝便煙消雲散。看樣子，似乎是用罄了殘留在體內的靈力。

瞬間，一股沉重的壓力和負荷侵襲十香的身體。因為解除了限定靈裝的關係，十香的身體直接沐浴在士道的靈力之中。

「唔——」

「——」

士道隨意揮了一下手。光是這樣的動作，就將處於毫無防備的狀態下的十香震飛到後方。
「嘎……！」
十香猛烈地撞擊到一棵巨木上，意識朦朧。全身的筋骨嘎吱作響，感到疼痛。
「十香！」
「十香……！」
於是，上空和前方傳來琴里等人的聲音。
不過，正當她們打算牽制住士道的力量而高舉起天使的時候，十香大喊：
「──等一下！」
「……！怎麼了嗎，十香！」
琴里驚訝地回應。反觀十香，則是以極其冷靜的態度繼續說道：
「妳們……不要出手。我覺得必須由我獨自一人完成才行。」
「十香……」
琴里如此說完，像是體諒十香的心情一般伸出手制止其他人。
十香望向琴里，以眼神表示謝意後，重新面對士道。
「────────！」
士道發出怒吼聲，扭動著身軀。

雖說其他人已經擴大路徑穩定士道的靈力供給，但目前封印在士道體內的靈力比例還是壓倒性地大。若是純粹比力量，不久後十香還是會敗給士道吧。

「唔……」

十香拖著疼痛的身軀，朝士道前進。

視野模糊、意識朦朧、全身發疼，但不能因為這點理由就錯失大家替自己製造的最後機會。

「嘎——啊……！」

包圍住士道的靈力漩渦彷彿拒絕十香的身體般暴動，就好像是以肉身之軀跳入硫酸大海中的感覺。無形的力量舔拭身體表面，只留下令人快要暈厥的痛苦。

不過，十香並未因此停下腳步。如果十香在這時放棄就無法拯救士道，大家的心願將會化為泡影。她絕對不能讓這件事發生。

「士道……你在這樣的痛苦當中……獨自奮戰嗎……？」

十香擠出話語。

就算士道擁有琴里的再生能力，但他畢竟是具備痛覺的人類。如今十香深深地理解到在沒有裝備靈裝的狀態下，面對精靈和巫師有多麼恐怖。

然而，士道卻沒有放棄。無論承受多少次痛苦、被擊敗多少次，他也未曾倒下。原因無他，就是為了拯救十香這群精靈。

十香並不知道士道為何堅持幫助精靈，但是倘若士道就這麼無法得救而喪失性命，就太沒道理了。

不對——

「………我……」

十香自言自語地呢喃。

士道對她的確恩重如山，就算花上一輩子也無法償還這份恩情。

而且，她也認為像士道這種善良的男生，怎麼可以就這樣死去。

但是讓十香的腳步繼續前進的理由不只如此而已。

如果十香心中只有報恩和天理，她肯定在半途就停滯不前了吧。

然而，不管面對何種苦難，十香的腦海都不曾掠過一絲放棄的念頭。

「——啊啊，原來是這樣啊。」

在疼痛的狀態下，十香似乎第一次理解了。

聽了無數次的詞彙與自己內心不得而知的感覺相符合。

這一定就是——「喜歡」吧。

與「喜歡」琴里或四糸乃等人的感覺有點不一樣的「喜歡」。

因為十香喜歡士道、愛慕士道，所以——才想要拯救他。

「——士道。」

十香呼喚他的名字，伸出右手握住繫在他脖子上的領帶。

然後，一把將他拉過來——親吻他。

「————」

十香瞬間感覺到身體一陣發熱，而包圍住士道的靈力也同時朝四面八方飛散。

片刻之後，原本如野獸般凶暴的士道氣息逐漸平靜下來，身體也放鬆了力量。

而原本散發出殘暴光輝的眼眸點燃自我意識的同時，士道宛如終於發現自己和十香接吻似的抖了一下肩膀。

「……！十……十香！妳到底在幹什麼啊……？」

一如往常的聲音、一如往常的反應。

——十香最喜愛的士道就在她的眼前。

十香放心地露出微笑，輕聲說道：

「——才不告訴你呢。笨蛋……笨蛋。」

十香留下這句話後，放鬆全身的力氣倚靠在士道的胸膛。

終章　被釋放的「第二人」

火光照耀著夜晚沉浸在黑暗裡的森林。

這是一處遠離都市的寧靜地方，平常當然杳無人煙，除非有起火源或是雷劈到樹木，否則根本不可能產生火光。

然而，森林如今的樣貌卻有些異常。燃燒的既不是枯木，也不是露營客留下的篝火痕跡——而是從一架墜落的巨大運輸機上流出的燃料。

「——哎呀、哎呀。」

在這充滿油臭味的火焰當中。

一名宛如將黑暗裁切成人形的少女從盤踞在地面的影子中爬出。

「虧我還在ＤＥＭ的設施前等待呢，竟然掉落在這種地方。」

少女——狂三拾起一片散落在四周的運輸機外殼的碎片，向前舉起另一隻手。

於是，她腳下的影子開始蠢動，從中飛出一把手槍落入她的手中。

「〈刻刻帝（Zaphkiel）〉——【十之彈（Yud）】。」

狂三吶喊這個名字後，槍口便吸進影子，裝填好「子彈」。
【十之彈】，將射擊對象擁有的過去記憶傳達給狂三的「子彈」。
狂三將槍口隔著外殼碎片朝向自己後，毫不猶豫地扣下扳機。濃縮的影子從槍口發射而出，貫穿外殼射入狂三的頭部。
不過，無論是理應被子彈貫穿的外殼還是狂三的頭皆毫髮無傷。而狂三的腦海裡則是顯現出這架運輸機飛翔在天空時的光景。
鳴響的警報聲、胎動般搖晃機體的「材料A」，以及與之共鳴，逐漸膨脹的神祕靈波反應。
一瞬間之後——一道光線從位於遙遠前方的謎樣設施的地下射出，刺向運輸機。
「……原來如此，造成運輸機墜落的直接原因是士道啊。」
狂三嘻嘻嗤笑。雖然她收到分身的報告，說士道的狀況不太對勁，但沒想到竟會以這種形式牽連到自己。
「是第二精靈從運輸機中察覺到士道的靈波，然後向他求救……是嗎？不過，如果因此害士道陷入失控狀態，琴里她們可就頭痛了呢。」
然而，就算對被關在貨櫃中的精靈說這種話也無可奈何吧。無論那會帶來什麼樣的結果，都不會有人忍心責備她尋求幫助自己的可能性。
「總之——沒想到我竟然意外地得到士道的幫助呢。」

狂三將手槍扔回影子中，「咚、咚」踏著宛如舞步的步伐，繞到運輸機的後方。

由於狂三原本就打算派出許多分身到運輸機抵達機率高的各個DEM主要設施監視，就算沒發生飛機失事，也能確實得到第二精靈吧。不過，那就必須消耗相當多數量的分身。

不需要做出犧牲就能得到第二精靈，對狂三來說意義重大。

因為狂三的目的不只是得到「材料A」。之後——還必須得到第二精靈應該擁有的初始精靈的情報，打倒初始精靈。為此，她必須準備越多的兵力越好。

「——好了，精靈小姐。讓我看看妳的真面目吧。」

狂三探頭看從半毀的運輸機中掉落出來的貨櫃。

然而——

「哎呀？」

狂三不禁瞪大了雙眼。

因為她看到的，是從內側撞破一個洞的空貨櫃。

◇

——〈拉塔托斯克〉圓桌會議現在正喧鬧不已。

不過，這也無可厚非。因為其中一名幹部克萊頓啟動了他原本沒有權限的〈丹斯雷夫〉，而且神祕的精靈〈幻影〉還現身阻止〈丹斯雷夫〉的攻擊。

『〈幻影〉……！這是怎麼回事！為什麼那個精靈會出現！』

『哎呀，真是走運。不管理由為何，總之我們保住了精靈之力。克萊頓，你這位老哥未免太操之過急了吧。』

『你說什麼！要是我沒有射擊，狀況應該就不會改善！』

『可是，你沒有啟動的權限吧。這是嚴重的越權行為。』

『比起這個，現在該討論的是〈幻影〉吧。難道沒辦法推斷出他的移動路徑嗎？他可是將人類變成精靈的精靈耶。如果擁有他的力量──』

幹部們吵吵鬧鬧地發表意見。

伍德曼心浮氣躁地敲打桌子。

「──你們這群小鬼，給我安靜一點。」

『……！』

聽見伍德曼冰冷徹骨的聲音，三名幹部紛紛屏住了氣息。

「我不奢求你們全部照我的意思行動。但至少必須遵守約定吧？如果你們想要出爾反爾，我也有我的打算。」

『……』

三人的臉上露出緊張的神色，伍德曼瞪著他們繼續說道：

「克萊頓的處分，我近期之內會再通知。」

『處……處分……？你說要處分我！我是為了〈拉塔托斯克〉著想耶……！』

『就是說啊，伍德曼卿。他可能是有點思慮不周，但是——』

「我叫你閉嘴，歐姆斯德。你真的以為我沒有發現嗎？在你們眼裡，我那麼愚蠢嗎？」

『……』

聽見伍德曼說的話，歐姆斯德這才終於保持沉默。

沒錯。克萊頓個性魯莽，不太可能獨力準備到這種地步。〈丹斯雷夫〉的啟動終端機恐怕是歐姆斯德從中協調製作，然後交給克萊頓的吧。不想弄髒自己的手，真像是他的作風。當然，克萊頓應該沒有發現他牽涉其中。

「今天的會議就到此結束。各位，重新檢討自己吧。」

伍德曼如此說完，嘉蓮便推著他的輪椅離開了會議室。

◇

「嗯……」

士道發出輕微的呻吟聲，睜開雙眼。

這裡不是自己的房間，而是一個像醫務室的空間。數秒後，他才發現這裡是〈拉塔托斯克〉的設施。

「哎呀，你醒來啦？」

耳邊傳來這樣的聲音。往聲音來源看去，發現是琴里站在那裡。

看見琴里的身影，士道回想起來。

「對喔，我在那之後……」

士道在十香失去意識之後，被琴里等人帶往〈拉塔托斯克〉的地下設施接受徹底的檢查。

「唔……」

不過，之前發生了什麼事，他印象模糊，回想不起來。不對——說回想不起來或許有些語病。他記得自己做了什麼事，但細節卻印象稀薄，宛如試圖回想起昨晚作了什麼夢的感覺。

「不要勉強。雖然路徑已經穩定下來，但你還是處於大病初癒的狀態。」

「喔喔……別擔心，我沒事。倒是其他人呢？」

士道詢問後，琴里便吐了一口氣回答：

「她們在其他房間等。我有叫她們去休息，但她們非等到你清醒不可，倔得很。還有——」

琴里這麼說，指向房間的深處——士道右手邊的床鋪。

士道循著琴里的手指移動視線，便發現十香全身纏著繃帶、貼著貼布，傷痕累累地躺在床上發出鼻息聲。

「十香……」

「她說要看著你，否則會擔心得睡不著，我只好把她和你安排在同一個房間。等她醒來後，記得跟她道謝。都是多虧她最後展現出不屈不撓的精神，你才能恢復原狀。以肉身突破靈力漩渦，通常是不可能辦到的事。」

「不過，我有一個親人也曾經做過類似的蠢事就是了。」琴里補充了一句。於是，士道臉上浮現乾笑。

同時，士道原本模糊的記憶浮現出一幕清楚的影像。

沒錯。當時十香奮不顧身地朝他伸出手。

「……謝謝妳啊，十香。」

士道將身體探出床，撫摸十香的頭。十香看似覺得搔癢般扭了扭身子，發出熟睡的鼻息聲。

士道面帶微笑看著這幅情景，然後將視線移回琴里身上。

「琴里……也謝謝妳啊。妳很拚命想要救我吧？」

「……這個嘛……」

琴里含糊其辭——不久，她緊抓住裙襬，斗大的淚珠潸潸落下。

「琴……琴里？妳到底是怎麼了啊？」

「……對……不起……我——」

琴里結結巴巴地說出道歉的話。

她對士道可能發生靈力失控的危險坐視不管，為以防萬一，〈拉塔托斯克〉還準備了殺害士道的手段，以及——啟動鍵操控在琴里手上這些事都令她感到歉疚。

「對不起……沒有告訴你。都是因為封印了我的靈力才害你的身體變成這樣……對不起。」

「……」

士道默默聽著琴里說話，然後唉聲嘆了一口氣。

「別哭啦，琴里。」

「可是，我對哥哥你做了那麼過分的事……」

「當然，二十四小時被人監視，心情不可能好到哪裡去……但這也無可奈何吧。既然靈力有可能失控，就應該準備好對策。要是因為我而害死好幾個人，我絕對不會原諒我自己。」

「哥哥……」

「再說——」士道繼續說道。

「就算現在一切事物恢復到五年前的狀態，我還是會封印妳的靈力……我這麼說，妳可能又

會罵我不重視自己的生命，不過——這就是我的個性，我也沒辦法。因為我最怕妳哭了。」

「……！」

「所以，妳別哭了啦，琴里。我從鬼門關前走一回才好不容易清醒，結果醒來卻要看見妳流淚，這樣不是太難受了嗎？」

「……」

琴里用衣袖擦拭眼角，紅著眼鼻綻放微笑。

士道也回應她，露出笑容。

「看吧，果然還是這樣可愛多了。我的妹妹是世界上最可愛的女生。」

「……笨蛋。」

琴里難為情地如此呢喃，背對士道打開房門。

「我去叫大家過來。她們一定很擔心你。」

「好，麻煩妳了。」

士道說完後，琴里便點點頭離開房間。她在踏出房門的那一刻——

「……謝謝你，哥哥。」

留下這句話，關上門離去。

士道目送琴里離開後，伸了個懶腰舒展僵硬的身體。不過，可能是因為肌肉痠痛，手臂無法順利抬起來。

「痛痛痛……」

睡在隔壁床的十香似乎對士道的聲音產生了反應，發出輕微的聲音，用力搓揉雙眼。

「嗯……唔……」

「喔，十香。妳早啊。」

「…………！士道！」

十香露出睡眼惺忪的表情一會兒後，立刻睜大眼睛，坐起身子。

「唔唔……！」

不過，身體還很疼痛吧。只見十香完全坐起身子後，發出痛苦的呻吟。

「喂、喂，別勉強。」

「不會……我沒事。倒是士道你還好嗎？」

「我很好，多虧了妳。謝謝妳啊，十香。我好像受到妳非常大的幫助呢。」

士道說完，十香便猛力搖了搖頭。

「別放在心上，士道幫了我更多的忙。你之前那麼努力地幫助我們，無法得救就太奇怪了。

再說——」

「再說？」

士道歪著頭反問。於是，十香臉上泛起紅潮，呵呵微笑。

「不告訴你，最後一句話是祕密。」

「什麼嘛，真令人好奇耶。告訴我嘛。」

「不行，祕密就是祕密──對了，士道……」

十香東張西望環顧四周後，發現櫃子上的籃子裡放著蘋果，便拿起蘋果，熟練地削起皮。

然後拿起一塊切好的蘋果，遞給士道。

「來，士道，嘴巴張開。」

「咦？幹嘛突然要餵我吃蘋果？」

士道詢問後，十香便露出認真的眼神繼續說道：

「士道當時不是要我們讓你怦然心動嗎？可是，只有我還沒有成功。」

「咦？我有這樣說嗎？」

「有啊。所以，來，嘴巴張開。」

「喔，好……」

士道敵不過十香的氣勢，便張大嘴巴塞進蘋果。

「怎麼樣，好吃嗎？」

「嗯……很好吃。」

「有感到小鹿亂撞了嗎？」

「嗯……有。」

「這樣啊！」

士道說完，十香便興高采烈地露出微笑。看見十香無憂無慮的笑容，士道真的感受到心跳一陣加速。

十香當然不可能發現士道的心情，但她以一副誠懇的態度望著士道的眼睛。

「對了，士道，我有件事情想跟你確認。」

「嗯，什麼事？」

「我有聽琴里說過，要封印靈力就必須接吻……那你之前封印大家的靈力時，也有跟大家接吻嗎？」

「噗……！」

聽到十香這麼問，士道不由自主地咳個不停。

說起來，過去封印四糸乃的靈力之後，十香好像有跟士道說不要跟她以外的人接吻。

由於不能讓十香的精神狀態不安定，所以過去盡可能在不讓十香目睹的情況下和精靈接吻，但是……看來因為這次的事件東窗事發了。

「……那個，十香，這件事啊……」

「不，沒關係。我反而對自己說了任性的話感到很抱歉。明明希望你幫助精靈，卻還要禁止你使用這種手段，未免太矛盾了。」

「不過──」十香繼續說道：

「如果是這樣，你當初直接告訴我就好了嘛。害我之前一直以為除了接吻以外，還有能封印靈力的方法呢。」

「那真是……抱歉，妳說的沒錯。」

士道低下頭道歉，十香便再次搖搖頭。

「沒關係，我原諒你。不過……」

「咦？」

士道一雙眼睛瞪得老大。因為十香忍痛皺起臉孔，慢慢地走下床，爬上士道的床。

「那個，十香？」

「我沒有打算向你抱怨，但你沒有遵守約定是事實。所以──」

四糸乃、琴里、耶俱矢、夕弦、美九、七罪、折紙──十香彎下手指，唸著精靈的名字。

然後羞紅了臉頰，發出呢喃般的聲音說：

「……七個人。只要你把之前隱瞞我的接吻次數補給我，這次的事情我就特別原諒你。」

「什麼……？喂、喂……等一下，十香！」

「廢話少說。還是……你那麼討厭跟我接吻嗎？」
「那倒不是，但是其他人馬上就要──」
「那就沒問題了啊！給我安分一點，馬上就結束了！」
「等……一下──」
士道話還沒說完，他的聲音就被十香以一句廢話少說掩蓋過去，然後兩人的嘴唇緊緊貼合。
因為感受到柔軟的觸感和微微的汗香味，一股宛如腦袋快要燒壞的快感朝士道侵襲而來。
「嗯……親……」
「……！……！」
然而，就在這一瞬間──
「讓你久等了，士道。我帶大家過來了──」
房門突然開啟，隨後琴里僵在原地。
十香驚訝地瞪大雙眼，將唇瓣移開士道的嘴唇。士道的嘴唇跟著往上微微牽動，然後彈回原來的位置，拉扯出一絲閃閃發光的唾液。
看見這幅光景，琴里和其他精靈還有真那全都一湧而入。
「喂，在這麼短的時間內，你這是在幹什麼啊，士道！」
「那……那個……兩個人的傷勢都才穩定下來，最好不要太……」

「呵……呵呵……十香，汝也挺有一套的嘛。」

「指摘。耶俱矢很不甘心的樣子。」

「呀！咦！人家沒看清楚，再親一次！拜託再親一次！」

「嗚哇……剛清醒就突然來這一發，未免也太嚇人了吧……」

「……果然，不能大意。」

「哥哥！你到底在幹什麼屁事啊！」

所有人你一言我一語，包圍住士道的床。

「喂……喂，妳們冷靜點。這是因為啊……」

士道思考著該如何辯解。

但腦海裡卻浮現不出能輕易將這個狀況蒙混過去的藉口。

「唔……」

十香似乎也思考過同樣的問題，然後表現出一副「既然事情都這樣了，就乾脆豁出去算了」的態度，緊緊抱住士道。精靈們同時發出「啊！」的尖叫聲。

「哈哈……」

在感覺好久沒聽見的喧鬧聲中——

士道撫摸著十香的頭，微微露出苦笑。

後記

好久不見，我是橘公司。在此為您獻上《約會大作戰DATE A LIVE 12 災禍五河》。各位讀者覺得如何呢？如果各位讀者喜歡本書，將是我莫大的榮幸。

事情就是這樣，第十二集了。書衣竟然是士道。我一直希望如果有一天能讓士道上書衣封面就好了，這次終於等到了機會。話說，出道後出版了二十本以上的書，但這好像是第一次以男角當封面。

跟以前比起來，主角上封面的比例也增加了，但單獨讓一個角色上封面可能還是比較少見。不知是不是因為心理作用，感覺士道也在耍帥呢。用「災禍（Disaster）」這個單字也感覺超級假掰的。幾年後想起這件事，我一定會在床上抱頭懊悔吧。

然後，每集慣例的跨頁插畫竟然是「那個」。還沒閱讀的讀者請盡快翻到本文；看了之後還是摸不著頭緒的人，回去看第一集的一百三十六頁可能會比較清楚。這伏筆埋得也真久。不過，這真的算是伏筆嗎？

話說，本集內容的季節是寒風刺骨的十二月，但發售日卻是完全相反的六月。今年的夏天似乎會熱得像烤爐一樣，因此我就依照時間順序向各位報告。

首先是下個月七月十八日，我的新書《いつか世界を救うために ―クオリディア・コード―》即將發售！插畫竟然是はいむらきよたか老師畫的！請各位務必多多支持！

受到異形敵人侵略，世界因此瀕臨危機。為了保護國土不受敵人攻打，一群防衛都市的少年少女日夜奮戰……但這群當事人卻不太關心世界的存亡，只是嘔心瀝血、一心一意地愛著一名女子，就是這樣的故事。裡面大多只有變態，就想成是折紙分裂成好幾個人就可以了。雖然是我自己寫的，但連我自己也感到害怕。

另外，同一天發售的《DRAGON MAGAZINE》九月號，預計附上一本附錄，名字叫《約會大作戰DATE A LIVE　全紀錄ＢＯＯＫ》，內容收集了過去刊載在《DRAGON MAGAZINE》所有關於《約會》的相關報導！我想也會加入之前沒有再次收錄的つなこ老師的插畫，這樣還能不買嗎？順帶一提，雖然出版社有送我一本樣本雜誌，但我大概會自掏腰包再買一本來收藏。

接著是七月三十日，預計發售PSVita專用遊戲軟體《約會大作戰DATE A LIVE Twin Edition

凜緒リンカーネイション》！收錄了以前PS3專用遊戲軟體的《烏托邦凜禰》、《或守インストール》，甚至還追加了插曲故事，超級豪華！

而七月三十一日則是預定發售第一季動畫的藍光ＢＯＸ！是導演剪輯版，追加了在電視上看不到的片段，希望各位可以享受到和觀看電視版時不同的樂趣。

然後，最重要的是八月二十二日！《劇場版　約會大作戰DATE A LIVE　万由里ジャッジメント》即將在全國電影院公開上映！

其實我前陣子還參觀了配音。雖然有參與遊戲的收錄，但已經時隔一年沒有參觀動畫配音了，所以加倍感動。

工作人員和配音員都很盡心，敬請期待！（註：以上為日本情況）

那麼，本作品這次也在各方人士竭盡心力之下才得以完成。

插畫家つなこ老師、責任編輯、美編、編輯部的各位、書店店員，以及拿起本書閱讀的讀者們，由衷感謝各位。

接下來如果能在《約會大作戰DATE A LIVE 13》或《いつか世界を救うために —クオリディア・コード—》中和大家見面，將是我的榮幸。

啊，雖然我出新作品了，但仍然會繼續寫《約會大作戰DATE A LIVE》，請各位放心。

那麼，期待我們能再次相會。

二〇一五年五月　橘　公司

©Koushi Tachibana, Tsunako 2014

Kadokawa Light Novels

約會大作戰DATE A LIVE 安可短篇集 1~3 待續

Kadokawa Fantastic Novels

作者：橘公司　插畫：つなこ

約會忙翻天！士道化身聖誕老人！
要跟精靈們一起過聖誕節！

士道在平安夜化身為聖誕老人，發禮物給大家；為了支持美九的偶像活動，士道當起了經紀人；為了理解女孩子的辛苦，士道以士織的裝扮度過一天。另外，四糸乃和七罪突然現身在教學觀摩場合，嚇了士道一跳。而好久不見的真那懷疑士道腳踏八條船──

各 **NT$200~220/HK$60~68**

台灣角川

©CHUGAKU AKAMATSU 2015

Kadokawa Light Novels

魔劍的愛莉絲貝兒 1~5 待續

Kadokawa Fantastic Novels

作者：赤松中學　插畫：閏月戈

即使面臨必殺時刻追殺，
靜刃與愛莉絲貝兒的戀愛與鬥爭仍永不止息！

靜刃、愛莉絲貝兒、貘以及鵺四人透過曆鏡逃遁到二〇〇九年的德國。此時靜刃等人遇見了一位自稱奎斯的妖怪，委託他們暗殺敵方陣營的「詛咒的男人」。儘管遭到地球復原力玩弄，靜刃與愛莉絲貝兒仍再次拿起妖刕與魔劍——戀愛與鬥爭永不止息！

台灣角川

各 **NT$180~240/HK$55~75**

©HYOSUKE TAKATO 2014

Kadokawa Light Novels

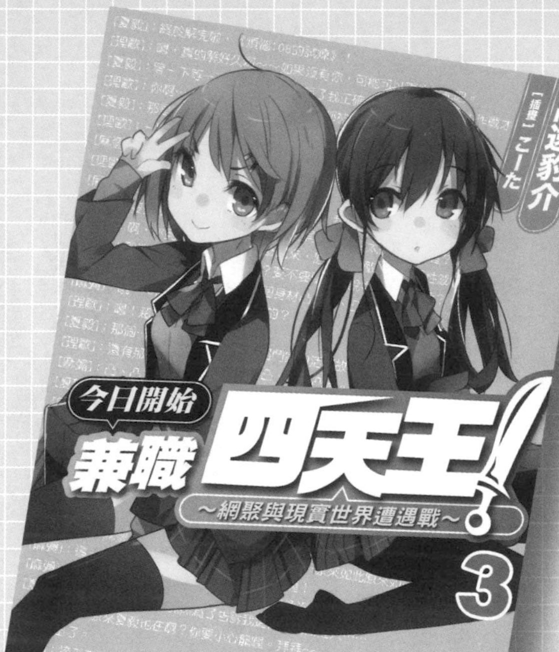

今日開始兼職四天王！ 1~3（完）

Kadokawa Fantastic Novels

作者：高遠豹介　插畫：こーた

不得不表明真實身分的時刻到了……？
笨拙的青春網遊戀愛喜劇邁入堂堂完結篇！

　　歷經了各種動盪事件，魔王軍（只發生在理央身上）又出現新的問題！那就是網聚邀約！不僅如此，遊戲公司為了電玩展的新地圖發表活動，特別來賓決定邀請勇者＆親衛隊和魔王＆四天王……理央能否辦法平安度過這前所未見的巨大危機──？

各NT$200~220/HK$60~68

台灣角川

Kadokawa Light Novels

©2014 Kei Asuka

盜賊神技～在異世界盜取技能～ 1~3 待續

Kadokawa Fantastic Novels

作者：飛鳥けい　插畫：どっこい

誠二與莉姆兩人各自邁向的道路前方究竟是──

轉生至異世界後，誠二在每日的生活中逐步鍛鍊自己。前往王都的他終於在那裡碰上了伊莉絲最強悍的種族「龍人」！面對堅硬的外殼就如鎧甲一般，技能、種族或戰鬥經驗都占了壓倒性優勢的龍人，誠二要如何戰勝……!?

台灣角川

各 NT$200~240/HK$60~75

國家圖書館出版品預行編目資料

約會大作戰 12 災禍五河 / 橘公司作 ; Q太郎譯.
-- 初版. -- 臺北市 : 臺灣角川, 2015.12
面 ; 公分

譯自 : デート・ア・ライブ 12 五河ディザスター

ISBN 978-986-366-855-8(平裝)

861.57 104023036

Kadokawa
Fantastic
Novels

約會大作戰DATE A LIVE 12
災禍五河

（原著名：デート・ア・ライブ12　五河ディザスター）

2015年12月16日　初版第1刷發行
2024年4月12日　初版第10刷發行

作者：橘公司
插畫：つなこ
譯者：Q太郎

發行人：台灣角川股份有限公司
總監：呂慧君
總編輯：蔡佩芬
主編：林秀儒
編輯：孫千棻
設計指導：陳晞叡
美術設計：吳佳昫
印務：李明修（主任）、張加恩（主任）、張凱棋

發行所：台灣角川股份有限公司
地址：104台北市中山區松江路223號3樓
電話：（02）2515-3000
傳真：（02）2515-0033
網址：www.kadokawa.com.tw
劃撥帳戶：台灣角川股份有限公司
劃撥帳號：19487412
法律顧問：有澤法律事務所
製版：巨茂科技印刷有限公司
ISBN：978-986-366-855-8

※版權所有，未經許可，不許轉載。
※本書如有破損、裝訂錯誤，請持購買憑證回原購買處或連同憑證寄回出版社更換。

©Koushi Tachibana, Tsunako 2015
First published in Japan in 2015 by KADOKAWA CORPORATION, Tokyo.
Chinese translation rights arranged with KADOKAWA CORPORATION, Tokyo.